「ああ、なんて素晴らしい。まさに造形美だ」
彼の大きな手が、乳房を下から持ち上げ、
左右から挟み込んで揉み、あやしげに形を変えていく。
「ふ、う。だめ……」

離縁予定の旦那様が、
まさかの〝記憶喪失〟になりました

～公爵の蜜月溺愛は困りもの!!～

百門一新

Vanilla文庫

離縁予定の旦那様が、まさかの"記憶喪失"になりました

公爵の蜜月溺愛は困りもの!!

Contents

イラスト／gamu

プロローグ

アリアンヌ・モニック元子爵令嬢は、十八歳になったある日、クリフトベリア王国の社交界で瞬く間に有名人になった。

見事な艶を持った波打つ赤栗《あかくり》色の髪。実年齢より大人びた印象がある穏やかな瞳は、美しい翡翠《ひすい》色だ。

そんな彼女は、二十九歳のフレッド・ロードベッカー公爵に見初められた。

爵位を継承して間もない、社交界で注目を集める『氷のような金の貴公子』だ。そして、あっという間に結婚――と騒がれた。

だがこの結婚、夫婦の営みさえもない契約結婚だった。

（私の容姿で彼に見初められるなんて、無理があるわ……）

ロードベッカー公爵は、サファイヤの瞳と金色の髪を持った美丈夫だ。

彼は王宮勤務時代から才を注目されていた。彼が実家業に本腰を入れてから収益はずっと右肩上がりという、やり手の実業家でもあった。

大勢の女性が熱い眼差《まなざ》しを送ったが、お見合い一つしようとしなかった。

そういうお堅いところがいいと、ますます女性人気は高まった。その生真面目な仕事ぶりから、『氷の』という呼び方をされるようになった。

そんな彼が、急きょ結婚した。

そこでアリアンヌも大注目を受けたのだ。

とはいえ彼女は〝期間限定のお飾りの妻〟だった。彼の子を残す必要はなく、外への社交も免除されていた。

挙式後の屋敷入りのあとの私室さえ別々。厨房《ちゅうぼう》と使用人達の負担を考え、食事だけは同席となったが時間の共有はない。彼は結婚前と変わらず仕事の毎日だ。

それを知っているのは、彼女と、彼の屋敷の使用人達だけだ。

（……来月に入れば、契約の期限だわ）

契約期間は、結婚して三ヵ月。

クリフトベリア王国の法律で定められた、蜜月を含める離婚不可な新婚期間だ。

アリアンヌは、日課のようにカレンダーを眺めたその日、フレッドに初めて書斎に呼び出された。

「来週には月が明ける。明日からは時間が取れるから、面倒な離婚届や手続きの書類の準備を先にしておこうと思っている」

「はい、かしこまりました」

夫になったフレッドは、そう話している間も時間を惜しむように、溜《た》まった手紙の最後の返信作業に忙しい。

（眉間に皺《しわ》があるわ……）

いつ見ても、彼は何かと戦っているかのように眉を寄せていた。

氷みたいに女性を受け付けない仕事人間。

けれどフレッドがいつだって忙しそうにしているのは、彼にとって領民は守らなければならない大事な存在だからだ――そうアリアンヌは実感していた。

だから、彼にも気を休められる瞬間があればいいのに、とは思った。

（フレッド様のこと、結局ほとんど何も知らなかったわね……）

よく話したのは、見合いの席であった契約話の時くらいか。

その時に感じた小さな疑問の答えを、長い同居の間に知ることはあるだろうかと思っていたけれど、無理だったようだ。

「何か質問は？」

フレッドの目が、ようやくアリアンヌに向く。

「いえ、とくに質問はございませんわ」

妻だけれど、彼自身が夫であるとさえ思っていない関係。迷惑になる前にと考え、アリアンヌは頭を下げて退室した。
崩れることのない表情――それが、アリアンヌのフレッドへの印象だった。

だが、その翌日に事件は起こった。

急ぎリビングルームに来て欲しいと呼ばれたアリアンヌは、駆け付けたところで、現状を目の当たりにして困惑が止まらなかった。

「君は、……誰だ？」

椅子に座ったフレッドの開口一番の言葉に、よろりとする。

すると、彼が驚いてすぐに立ち上がった。急ぎ向かってくるなり、アリアンヌの肩を抱き支えて心配そうに覗《のぞ》き込《こ》む。

「大丈夫か？」

「い、いえ、大丈夫です」

慣れなさすぎて離れようとした。そうしたら肩だけでなく、手まで積極的に握られてしまって「ひっ」と声がもれた。

「大丈夫そうじゃないのに、無理をしてはいけない。顔色が良くない」

「いえ、あの、私は本当に大丈夫ですから……」

アリアンヌは無理やり引《ひ》き攣《つ》り笑いを浮かべた。私よりも怪我をなさっているフレッド様の方が――と言おうとしたが、見目麗しい顔を寄せられて口を閉じた。

眉間の皺のない彼の美貌は、間近で見ると強烈だった。

「何か心配事でもあるのか？　美しい人にそんな表情は似合わない。少し落ち着こう、ね？」

落ち着きたいのは山々だが、今すぐは無理だ。

アリアンヌは彼の言葉を聞いて、いよいよ頭までくらくらしてきた。

美しい人、だなんて結婚前も聞かなかったお世辞だった。手を握るだけでなく、あろうことか肩を抱いて支えられたのだって初めてだ。

（……目の前にいるこの人は、誰？）

頭に包帯を巻いたその美しい人は、実直な眼差しでアリアンヌを見つめながら「まずは座るといい」と言って、甲斐甲斐《かいがい》しく椅子までエスコートする。

それを見守っていた屋敷の執事や使用人達も、口をあんぐりとしていた。


――離縁予定の旦那様が、まさかの〝記憶喪失〟になりました。

一章

その少し前のことだ。

モニック子爵家の長女であるアリアンヌは、内職仕事をしながら父を助け、三人の弟達と暮らしていた。

元々家は裕福な方ではなかった。弟が多かったため、彼らの成長に合わせて学校などの金銭も必要になる。

そんな中で、三年続けて領地が不作に見舞われた。領民達を助けるために一層金銭も工面することになり、使用人も三人を残しただけで細々と生活していた。

そのためここ三年は、年に数えるほど義務程度にしか社交界にも顔を出さなかった。

「学校に行ってきまーす！」

「気を付けていってらっしゃい」

母の代わりのように弟達の世話をし、学校へと見送ると、再びせっせと内職仕事に勤《いそ》しむ。それがアリアンヌの毎日だった。

世話は何一つ苦労ではなかったし、不幸だとも思わなかった。

アリアンヌは、母に『良き妻になるよう』と教育され、服を作ることから菓子作りまで全てを習った。

弟達は、アリアンヌと父にとって、亡き母が残してくれた宝物だった。少ない領民達と支え合いながら、あの頃と変わらず笑って暮らす日々も大切に感じていた。

しかし春が過ぎようとしていた頃、突然そんな日常が揺れることになる。

「アリアンヌ。ロードベッカー公爵家から先程書状が届き……フレッド・ロードベッカー様から直々お前に縁談の話が来ている」

一階の書斎に呼ばれてすぐ、思い悩んだ顔で父から縁談を希望する申し込みがあったことを伝えられた。

さすがのアリアンヌも、その名前は知っていたので驚きを隠せなかった。

社交界で『氷のような金の貴公子』と騒がれていた人だ。最近爵位を得たことで一層存在感を増した二十九歳の、フレッド・ロードベッカー公爵である。

彼は独身貴族の中で、もっともお堅いと言われて女性に大人気だった。

（遠目から見たことはあるけれど……）

見目麗しい人だが、厳しい人だという怖い印象もあった。実際に、何人もの女性がダンスを手厳しく断られた、とはアリアンヌも聞く。

（そんな人から突然、どうして私に縁談の申し込みが……？）

胸を張って言えることではないが、アリアンヌは舞踏会に行ったとしても、ダンスに誘われることもない令嬢だった。

ましてや上位貴族である公爵家のフレッド・ロードベッカーとは、接したことはない。

「アリアンヌ、父も大変困惑しているところだが、彼を知っているか？」

「はい。舞踏会でも何度か」

アリアンヌは咄嗟《とっさ》にそう言った。父がとても心配そうな顔をしていたからだ。あまりにも急な知らせだったからだろう。

（社交界で有名な、若きロードベッカー公爵様……）

なぜ、急にこんな連絡をしてきたのか分からない。

もちろん目が合ったことなどもないし、彼の高貴なる知り合いの方々との縁だってまるでない。

「そう、か。うむ、私は直接話したことはないのだが、とても素晴らしいお方であるとは聞く。しかし……」

父は少し安心したようだったが、再び考え込んでしまう。

身分が高い家からの話だ。顔を見たいとする相手側からの知らせを受けた父は、断れないだろう。だから思い悩んでいるのだ。

「我が家にとっても、有難いお話ですから」

アリアンヌは心配する父にそう声をかけ、お見合いすることを引き受けた。

◆◆◆

父が返事を出してすぐ、ロードベッカー公爵から知らせがあり、テキパキと仕事でもこなすみたいに早速お見合いの日取りも決まった。

そして週末、モニック子爵家に公爵家の紋が入った立派な白馬車が訪れた。

下車してきたフレッド・ロードベッカーは、クリフトベリア王国生粋の上級貴族民を思わせる金髪とサファイヤの目をしていた。

眉目秀麗で、自身の規律にまで厳しいような表情は二十九歳には思えない圧をまとっていた。手足が長いと感じるほど背丈もあり、金の装飾品をさりげなく着けた白い礼装もよく似合っている。

「お初にお目にかかります。このたびは早急に場を設けていただき、感謝します」

「いえっ、こちらこそ、本日はご訪問の気遣いまで感謝申し上げます」

父は恐縮しきりで彼を迎えた。

（美しいけれど、氷か棘《いばら》でもまとっているみたいな雰囲気だわ……）

普段なら来客に好奇心いっぱいで目を輝かせる弟達も、言い付けを守って、昔からの老執事と使用人達のそばから動かなかった。

その時、挨拶をする彼の整った双眼が早々に向いて、アリアンヌは緊張した。

「早速ですが、ご紹介いただいても？」

「え、ええ、よろしいですよ。こちらが私の娘、長女のアリアンヌになります」

「お初にお目にかかります、アリアンヌ・モニックと申します」

アリアンヌは、父のそばで礼をとった。

「ところで……、少し気になっていたのですが、どうしてあなた様は私の娘を？」

その動きをじっと見つめていた父が、ロードベッカー公爵へ思わずと言った様子で尋ねた。

「舞踏会で見初めてしまってから、どうしても忘れられず」

ロードベッカー公爵が、よく通る声できっぱりそう告げた。

そんな表情には見えない。しかし相手は『氷のような』と言われているお方だ。

「はぁ、なるほど……」

公爵である彼に、父も追って言えなかったのだろう。

「それでは、こちらへどうぞ」

そのまま客間へ通すことになった。指示を受けた老執事が動き出し、早速三人へ案内に入る。メイド達が少し離れ、後ろから三人の弟達と続く。

「大変申し訳ないんだが、見初めた人とようやく会えたことが待ちきれないのです。早速、彼女と話しても？」

移動しながら、ロードベッカー公爵が父へ言った。

一見すると積極的な言葉にも聞こえるが、アリアンヌは彼の声を事務的に感じた。ときめきを覚えるどころか緊張してしまう。

こんな身分が高い人と、いきなり二人きりにしないで欲しい。

しかし父の方は、他ならぬロードベッカー公爵の希望だと慌てて了承した。

「そ、そういうことでしたら、どうぞ」

「できれば求愛の言葉は、よその耳には入れたくない。ご配慮いただいても？」

「きゅ、求愛⁉　それはもちろんですっ」

見初めたという先の言葉もあってか、父が高揚した様子でアリアンヌに素早く目配せしてきた。積極的だ、とでも言いたいのだろう。その瞳からは、彼を迎えた時まであった不安はなくなりつつあった。

けれどアリアンヌは、いよいよ浮かばない様子でいた。

客間に案内され、急きょテーブル席は二人用へと変えられた。

それを待っている短い立ち話で、父は彼に対するリラックスを増していた。

「失礼いたしました、それほどまでに積極的になるお方だとは思わず」

「恋は男を積極的にするものだと、僕も初めて知ったところです。あなたと奥様もそうだったと聞きます」

「私達のことも知ってくれたのですか？　それは光栄です」

アリアンヌは、父のように彼の言葉を正面から受け取ることができなかった。

彼の知的さを思わせる引き締まった唇から出される言葉の一つずつが、長《た》けた社交か交渉力で、父を納得させる形ばかりのものだと感じてしまう。

弟達は最後まで扉から入ってこないまま、早速二人きりにさせられることになった。彼がティーカップを持ち上げる中、全員が退出していく。

「君に、一時的な契約結婚を申し込みたい。結婚した履歴が欲しくてね」

扉が外側から閉まると同時に、彼がそう切り出してきた。

二人きりになって開口一番、そんなことを言われて心臓がぎゅっとする。

（一時的……とすると、嫁入りを望まれたのではないんだわ）

つまるところ、アリアンヌがいいから見合いを求めたわけではない。

彼が来たのは契約結婚を持ちかけるためだった。良家へ嫁ぐと思っている家族を思うと、騙《だま》しているようで心臓がどくどくする。

（でも、どうして？）

アリアンヌは戸惑いつつも、母の教えを守って背を伸ばした。紅茶を飲む姿勢すら優雅に見えるロードベッカー公爵を見つめる。

冷たい内容を伝えてきたのに、そう感じさせないほど美しい男性だった。

整えられた金髪の髪、女性的とも思えるのに男らしさがある端整な顔立ち。下ろすティーカップを見つめるサファイヤの瞳も、魅力に溢《あふ》れていた。

「なぜ、わたくしを……？」

社交界でも有名な見目麗しい彼とは、容姿さえも不釣り合いだ。アリアンヌは子爵令嬢で、彼とは面識がゼロでもある。

「生憎《あいにく》だったな。君は、タイミングの悪さで外れクジを引かされた」

「外れクジ……？」

彼は皮肉な笑みを口角に浮かべた。その表情は懺悔《ざんげ》を抱えたような自嘲にも感じ、アリアンヌは悪く思えなかった。

(才に恵まれ、なんの苦労もなく社交界でも華々しく行動しているお方――そう思っていたのだけれど)

一瞬、ちらりと見えた陰りが気になった。

「僕が縁談の下調べで調査させた時、家柄も顔も含まず情報を集めさせた」

とすると、彼はアリアンヌの顔さえ知らなかったのだ。

「契約結婚をする相手は、二十歳前後を希望していた。そして夫人として立てても見劣りしなさそうな、婚約者もいない令嬢は君くらいしかいなかった」

（ああ。だから『外れクジ』という言い方をしたのね）

たまたま、偶然アリアンヌしかいなかった。それが、理由。

すっかり納得できた彼女は、落胆を覚えた。何か裏があるのではと勘ぐっていたものの、まさか最短の離婚前提での縁談申し込みとは……。

（何も魅力がないから、当然か）

もしかしたら結婚できず、父を困らせるかもしれないと思っていたところだ。

契約だとしても、悪い話ではないのかもしれない。領地の不作立て直しで、父はもうしばらく縁談探しなどできそうにない。

アリアンヌも、弟達の教材費を稼ぐために内職仕事に励んでいた。父に負担をかけないよう結婚先を探しに行く、なんて暇はとてもではないがなかった。

「ショックだったか？」

ふと、声を掛けられて我に返る。

「いいえ、納得していたのです。申し込みの理由が分かって、安心いたしました」

アリアンヌに声を掛けてくれる家なんて、ないだろう。

亡き母に肌や髪の手入れなどを教えられ、仕事に疲れてもずっと守ってやってきた。そ

れを彼に『見劣りしない』と合格点を出されたことにもホッとした。

するとと彼が、よく分からなかったみたいに眉を寄せた。

「納得？　妙なことを言う」

アリアンヌは、その言葉を不思議に思った。

余りものの令嬢で他に娶《めと》られそうにない。だから彼も、こうして契約の話をしにきたのだ。

じっと見つめていると、彼がふいっと先に視線をそらした。

「まぁいい。契約結婚したい理由だが、僕には結婚できない身分の恋人がいる」

「それは……お気の毒様で」

愛し合ったのに、身分違いで入籍できないこともある。

愛のない政略結婚で、結婚後にそれぞれが愛人を持つのも珍しくない。

「いや、別にいい。貴族にはよくあることだろう。だが問題なのは、僕が今や公爵で、結婚しなければならない身であることだ。――そこで、君だ」

不意に鋭い眼差しに射抜かれて、アリアンヌはビクッとする。

「そう身構えるな。僕もそこまでひどい男じゃない。女にも飢えてはいないから、たとえ酒が入ったとしても、同居相手の君に手を出さないことを誓う」

彼が、少し雰囲気の硬さを和らげて軽く両手を上げた。

ストレートな物言いには驚いた。けれど、かえってアリアンヌの緊張を少し緩めた。

（お堅い人、という噂《うわさ》はあたっているのかも……）

あまり女性が好きではないと噂されていたが、愛した人に一途《いちず》なのだろう。提案はお飾りの妻なので、ひとまず同じ家に住んでも大丈夫そうだ。

「契約結婚とのことですが、どのようになさるつもりなのですか？」

「清い関係でいることは契約条件にするつもりだ、信じてくれて感謝する」

まさか礼を挟まれるとは思っていなかったので、戸惑った。

「君は離縁ができない新婚期間の三ヵ月、屋敷で一緒に暮らしてくれるだけでいい。必要になった時だけ、君は僕の妻を演じる」

「あの、でも、わたくしに公爵夫人が務まるかどうか……」

「心配せずともいい。できる限り社交からも遠ざけるつもりだ。見初めたとでも言えば、新婚期間くらいは大目に見られる」

「まぁ」

だから、父にも『見初めた』云々と言っていたらしい。

「屋敷の中では自由に過ごして構わない、金だって使ってくれていい。食事は――厨房の負担を増やしたくないので、できれば同じ時間が望ましいが、君の意思を尊重しよう。もちろん寝室も別だ」

寝所も別だとすると、安心感が込み上げる。

何よりアリアンヌは、ロードベッカー公爵が『厨房の』と言った時、屋敷の使用人に対する思《おも》い遣《や》りを感じて好感を覚えた。

(使用人を蔑《ないがし》ろにする家も多いと聞くのに、彼は考えているのね……)

「これは契約であるから、金もたんまり払うつもりだ。結婚、そして離縁後にも君の家には通常の違約金を超える金額を収めよう。これは僕が爵位を継ぐ前までに貯《た》めたポケットマネーだから、気にすることはない」

公爵になるまでに、事業開発など数々の成功も収めてきた。ある種、仕事中毒だという社交界の評価はあたっているだろう。

けれどアリアンヌは、彼に対する『怖い』『冷たい』という印象が変わった。

(彼は〝公爵〟であるのに、契約結婚をしろとは命令してこないわ)

そのうえ、彼は良き条件や報酬を提示してくれている。

アリアンヌや家にとって、大変いい話だった。お金があれば不作対策の助けにもなるし、もしかしたら弟達をいい貴族学校に通わせることもできるかもしれない。

「……あの、子作りもなしでよろしいのですよね？　離縁後は、その恋人様とご入籍を？」

気になって、アリアンヌはちらりと上目に彼を窺《うかが》う。

「心配しなくともいい、僕は君を抱く気はない。その女性は公爵家には迎えられない身分なので、彼女と子を設ける予定もない」

改めて告げるような声は冷たかった。

（それだけ魅力がないことを教えてくださっているんだわ）

アリアンヌは、ひっそりと落ち込む。自覚していたことなので、手を出す気さえもないと正面から叱られた気分だった。

これは、ただの契約なのだ。今後も自惚れないよう気を付けよう。

「でもそうすると……その方とは、ご入籍もされない予定なのですか？」

「そうだ。君との離縁後に屋敷へ住まわせる。僕は今後も結婚し直す気は全くないから、君との結婚は、次の妻をあてがわれないための対策でもある」

愛人だけでいい、ということだろう。

そういうことなら、単に結婚した履歴が欲しいというのも有りな気がした。

「ということは、将来親族の誰かが継ぐのですね」

「そんなことはさせない。ゆくゆく、外から養子を取るつもりでいる」

（え……？）

考えていたアリアンヌは、ハタとして顔を上げる。ロードベッカー公爵は、想像していた通りの怖い顔で横を睨《にら》み付《つ》けていた。

「――我が公爵家の誰かを領主にだなんて、考えるだけで吐き気がする」

先程と同じく、違和感を覚えた。何か事情もあるのだろうか。

けれど畏れ多くも、気安くアリアンヌが尋ねられるはずもない。

結婚したら、三ヵ月は彼の妻として過ごさなければならない。決して短くはない期間だ。

その間に、この違和感の理由が知れたりするのだろうか？

「……承知いたしました。その話、お受けいたします」

そう思ったら、緊張しつつもアリアンヌはそう答えていた。

お金があれば、家と領民達も助かるのは確かだ。

「ただ一つだけお願いが……契約であるということは、どうか家族には伏せていただきたいのです」

やってきた彼と話してから、父は娘の嫁入りに安心して喜びも浮かべ始めていた。離婚予定で、なんて言ったら悲しませてしまう。

するとロードベッカー公爵が「もちろんだ」と言った。

「このことは君の家族にも秘密だ。君にも、誰にも話さないことを約束してもらう。もし破るようなことがあれば――」

「言いません、誰にも」

彼の目が鋭くなったので、アリアンヌは咄嗟に意思表示した。

「屋敷の者達は事情を知っている。君を助けるように指示してあるから、急きょ客人が来た場合でも、夫人としてどう振る舞えばいいのかも教えてくれるだろう」

「そう、ですか……」

味方がいるのなら、ひとまずのところは安心とみていいだろう。

「それではこれからよろしく、婚約者殿」

この話はしまいだと言うように、ロードベッカー公爵が立ち上がった。そこで二人の見合いは終了になった。

◆◆◆

そしてアリアンヌは、フレッド・ロードベッカーと婚約した。

婚約期間は、かなり短かった。一週間の猶予を与えられ、嫁入り支度に追われている間に、書類の手続きなどは全て彼が行った。

そして後日、アリアンヌは王都の聖堂でフレッドと挙式に臨むことになった。

「法務関係にも知り合いを多く作っていてね。いつも助けているから、今回は僕を助けろと言って手伝ってもらった」

「そう、なのですか……」

仕事はかなりできる人のようだ。改めて彼の有能さを実感した。

(今日、結婚式を挙げる相手である彼を、ロードベッカー公爵様ではなく『フレッド様』と呼ぶのも苦労しそう……)

この控室での対面が、彼女にとっては彼と二度目の顔合わせだった。

「〝契約〟は、忘れていないな?」

自身でも身だしなみの最終チェックをした彼が、こちらを振り返る。

質問されたその一瞬、アリアンヌは目を奪われてしまった。

(――なんて、美しい人かしら)

金の髪が似合う婚礼用の白い礼装。彼の凜々《りり》しいサファイヤの瞳を映し取ったような装飾品の宝石も大変に合っている。

けれど宝石類でもっとも目立つのは、彼の胸元で輝いている大粒のグリーンダイヤだ。

それは、花嫁であるアリアンヌの瞳の色を主張していた。

「心得ておりますわ。わたくしは秘密を知られないように、今日の結婚式を立派にこなせばいいのですね?」

「その通りだ。まずは、結婚式を成功させる」

アリアンヌのネックレスとイヤリングも、彼の瞳のサファイヤではあるけれど――ただ演出するだけの飾りにすぎない。

彼が満足そうに頷《うなず》き、少し離れた向かい側の長椅子に腰かける。

たとえ二人きりになったとしても、世間で噂されている甘い空気はない。

二人の結婚は、ただ〝入籍しただけ〟のものだから。

フレッドが肘掛けに腕をのせ、頬杖《ほおづえ》をついてじっと見てくる。アリアンヌはその視線にそわそわしてしまった。

アリアンヌは立派な化粧台の前に座っていた。

亡き母にマナーを丁寧に教えられていたおかげで、着飾った彼女は、今や立派な公爵夫人としてそこにいた。

『なかなかに立派じゃないか。合格だ』

先程、その見た目に関しても彼に合格点を出されたところだ。

しかし、美しい、といった評価の言葉などはなかった。アリアンヌはただの契約相手であるので、そんな言葉やお世辞さえもらえるはずもない。

（誠心誠意、『約束』を守ってくださっただけでも、有難いことだわ）

彼はアリアンヌの家に多すぎる祝い金を贈っただけでなく、結婚準備の一週間で、父と領地の不作の件についても話し合った。

自分の知っている専門家を紹介し、自身が仲介にも入った。

そして先日、一気に助成と復興までの目安も立ててしまったのだ。

（みんな、とても感謝していたわ）

かなりの実力家だ。それでいて、とても優秀である。

そんな人に妻として望まれて結婚することを、父も誇らしいとまで言った。すっかり安心し、よく支えなさいと心配もなく送り出された。彼女は、母によくよく育てられて欠点もない女性だったから。

「あなたは約束を守ってくださいました。この結婚式、必ず成功させますわ」

彼は、愛人のために離縁予定で結婚を。

アリアンヌは、彼が守ってくれた約束に応えるため一時的に妻となり、期限がきたら必ず離婚する。

アリアンヌは、フレッドの視線を真っすぐ受け止めた。

結婚式には、彼が交通費を全額負担して家族や知人達も揃《そろ》って招待してくれていた。この結婚のおかげで、弟達がいい学校に通えるのも彼女の心を支えている。

目が合うなり、フレッドがハタとし、頬杖を解いて咳払《せきばら》いした。

「協力を引き受けてくれたこと、改めて感謝する。三ヵ月だけ我慢すればいい。それが終われば、憧れの誰かにでもアタックしてもらっても構わない」

――そんなこと、できる身ではない。

身分の高い家に嫁いだ女性となると、そのあとの結婚先がスムーズだったりもする。けれど、それは容姿の麗しさも大きく関係した。

「残念ながらそれは……あなた様もご存じでしょう。わたくしは、こうですから」

心にもない励ましに、アリアンヌは小さく苦笑する。誰かに『妻に欲しい』と望まれる魅力はない。

「そうは思わないが。元の素材がいい。着飾れば、どんな男でも酔う」

「ご冗談を」

酔う、という聞き慣れない言葉がおかしかった。

ウエディングドレスを着ていても、彼は『美しい』とは口にしていない。正直な人なのだろう。アリアンヌは儚《はかな》げに微笑《ほほえ》む。

フレッドが、ふいと目をそらして立ち上がる。

「──そうだな、冗談だというのなら、それくらいにしておこう」

そろそろ時間だ。

夫に手を取られることもなく、アリアンヌも自分で腰を上げた。

フレッドが女性に特別な気遣いなどしないことは、社交界でも有名だった。今後もアリアンヌをエスコートすることはないだろう。

（彼は公爵という立場上、結婚しなければならなくなっただけ）

この契約結婚は、離縁後、再婚を迫られることなく愛する人と暮らすためだ。

その恋人は貴族の家には嫁げない身分なので、アリアンヌが出て行ったのち、速《すみ》やかに屋敷に住まわせる予定だとは聞いた。

「挙式のスケジュールは大丈夫そうか？」

扉まで歩いた彼が、開ける前に振り返ってそう言った。

「はい。誓いのキスの変更部分も、シナリオ通りにいたします」

これから、アリアンヌは彼と結婚する。

だが寝室は別、食事以外の時間を彼と合わせる必要もない。本来あるはずの子作りも免除され、夫から愛されることはない。

「話がスムーズで助かるが、君はそれでいいのか？」

「お約束を守っただけでなく、わたくしの家の領地も助けてくださいましたから。わたくしも、しっかり務めますわ」

もう、心は決めていた。

彼は家族と領民の心まで救ってくれた。だから、アリアンヌは彼の立派な協力者であろう、と。

そして期限が来たら、速やかに屋敷を出るのだ。

「あれは――世間的な目から見れば、必要だと思ったからだ」

フレッドが背を向け、扉を開いて先に廊下へ踏み出す。

余計なことを言って気を悪くさせてしまったらしい。アリアンヌは彼の背中を見つめながら、静々《しずしず》とついていった。

彼は離縁の際『愛人との関係がバレて違約金を払ったのちに離縁』ということを、わざわざ公表してあげると言った。

再婚の話がこないための世間的な対策。しかし、ある意味で誠実ともいえる。

（――それほどまでに、愛した女性なのね）

一緒にいるために、彼をそこまで突き動かした。

羨ましい、とはアリアンヌは正直思った。

そんなに思ってくれる異性が目の前に現れるなんて、アリアンヌの人生には今後だって訪れることはないだろう。

声を掛けられたのも、お見合いに来たフレットが初めてだった。

見目麗しい彼の目に映された時、そのサファイヤの瞳に一瞬目を奪われそうになった、と言ったら彼を困らせてしまうに違いない。

（これがどんな感情かも、私は知らない）

彼は『憧れの男』と言ったが、アリアンヌはそういったことに目を向けたこともなかった。熱心に殿方を追う令嬢達の気持ちが分からないままだ。

今後もそうなのだろうと思いながら、目の前のことに集中を戻す。

（最初で最後の、最大の嘘《うそ》をつきましょう）

これから式場で、家族達や多くの貴族達を騙さなければならない。

それを思うと緊張は拭えなかった。でも最速の結婚まで完璧に運んできたフレッドがいるのなら、きっと大丈夫だ。

そしてアリアンヌは、その日、神に夫婦になる誓いを立てて彼と結婚した。

◆◆◆

それから契約期限の三ヵ月目も迫った、一週間前。

『仕事もひと段落を迎えて、今日からしばらく時間もある。先に離縁のための書類関係など準備しておこう――』

そうフレッドに言われたのが、昨日のことだ。

「待って、ちょっと待ってちょうだい」

それなのに、記憶喪失とはいったいどういうことか。

アリアンヌは大変混乱していた。

「ですから、『旦那様は、鍋で頭をしたたかに打って記憶喪失になりました』と、起こった事実をありのままお伝えしましたが、何か分からないところでも？」

使用人達が集まったリビングルームで、簡潔に語った中年執事テオドールが、改めてそう言った。

「ごめんなさい、ちょっと短すぎて分からなかったかも……頭の中の整理もつかなくて」

契約結婚を知るテオドール達とは、屋敷入り間もなく仲良くなっていた。

今や彼らは良き味方で、彼女が屋敷でよりよく過ごせるよう協力してくれている。

「……フレッド様は、全然記憶がないの？」

「はい、我々のことも丸っとお忘れになっております」

テオドールは、彼が幼い頃からの専属執事だったという。ということは全く何も覚えていない状況のようだ。

知らせがあった通り、記憶喪失になっているようだとは理解した。

あのフレッドが気遣うような柔らかな表情を見せ、全くの別人のように紳士的にアリアンヌの手を取ったのだ。

「奥様の困惑はよく分かります。駆け付けたわたくしどもも、報告を受けた時はなんの冗談かと、さっぱりわけが分かりませんでしたから」

「そうね。私も悪いジョークか悪戯《いたずら》かと……」

いつも賑《にぎ》やかな若い使用人達を思い出して、つい口にした。

すると、フレッドの記憶喪失の現場の目撃者である一組の男女の使用人が、有り余る元気で挙手して潔白を主張した。

「俺ら奥様にそんなことしません！」

「公爵家のメイドとしては、さすがに執事様にもそんな悪戯はしません！」

聞いた途端、テオドールが半眼になる。

「——普段から同僚同士でも、そういったことはやめていただくようお願いいたします」

ここの使用人達は仲がいい。フレッドが屋敷を移ってから勤めている若い使用人達は、彼が冷たいので使用人同士より励まし合ってきたのだとか。

結果、たくましくも賑やかな集まりになった。

（でも、使用人が伸び伸びなのは、いい主の証拠だと教えられたわ）

亡くなった母の教えを思い出す。しかし、悠長に他のことへ思いを馳《は》せている場合ではないのも事実だ。

「その、もう少し詳しく状況を把握したいわ。モリー、いいかしら？」

「奥様もさぞ驚かれたことでしょう。さ、あなた達、テオドール様にご報告したことをもう一度お話ししなさい」

メイド長のモリーが言うと、若い男女の使用人が「はい」と答えた。

「私がお掃除をしていると、お疲れだったのか旦那様の肩が棚にぶつかり、上に置いてあった新品の鍋が頭の上に落ちたんです」

「それはもう、かなりいい音がしていました。俺自身も説教案件かなと身構えてしまったのですが、旦那様は倒れてぴくりとも動かなくなってしまったのです」

「そして起こして差し上げたら――ご覧の通りに」

二人は、揃って向こうを示した。

「……そうしたら記憶を失っていた、と」

頭は軽傷で、たんこぶが少しある程度だという。

大きな怪我がないことには安堵《あんど》したが、改めて経緯を聞いても、そんなことで記憶喪失になった現状は何かの悪い冗談に思える。

アリアンヌが思っていると、男性使用人がそれを口にした。

「鍋で記憶が飛ぶとか、どんなジョークだよ。お前、狙って鍋を置いたんじゃないだろうな？」

「そんなことするはずないでしょ⁉　奥様への結婚に関して、夢の中では何度も殴りましたとも。でも、これはた・ま・た・ま、そこに鍋を置いたの！」

「おやめなさい二人とも」

テオドールがやや強く口を挟む。

「経緯はなんにせよ、旦那様の記憶が飛んでしまわれたのは事実です。これは問題です」

屋敷の旦那様が記憶喪失、というのは確かに大問題だ。

アリアンヌ達は、何度目かも分からない確認作業のように、恐る恐る向こうに広がる光景を見た。

円卓に一人座ったフレッドは、頭に包帯が巻かれていた。彼のそばにはメイドに一人付いてもらっているのだが、彼からお代わりの紅茶とクッキーの礼を告げられて、引き攣り笑顔で困惑中だった。

「……眉間に皺がない」

「……優しい笑顔が信じがたいですな」

「き、気持ち悪い」

アリアンヌ、続けてテオドールが思わず呟《つぶや》いたそばから、若い使用人達が一斉に口を押さえて失礼なことを口走った。

「あの王子様みたいな笑顔が信じられませんわっ」

「あの呑気《のんき》そうな顔、いったい誰⁉」

「こわっ、ただのイケメンがそこにいるみたいで怖い！」

半泣きで困惑している男性使用人もいた。

言い分は失礼ではあるけれど、フレッドが記憶喪失になってから、屋敷の全員が戸惑いに突き落とされている。

今のフレッドは、氷云々《うんぬん》といった言葉が似合わない美貌の公爵様だった。

眼差しからは厳しさが消えて、物腰は柔らかい。先程テオドールが確認したところ、自分の名前以外何も記憶がないらしい。幸い生活知識はあるとのことだ。

「でも、これではお仕事もできませんわよね……」

「奥様のおっしゃる通りです。領民達に莫大《ばくだい》な困惑と不安を与えかねませんから、記憶喪失だとは知られない方がいいでしょう。ショックを受けての一時的な記憶喪失であれば、自然に戻られるかと」

外傷は、幸いにも小さなたんこぶだけだった。緊急性はないと確認し、テオドールも医者を呼んでいなかった。

彼の意見はもっともだが、いつ記憶が戻るのかとアリアンヌは不安が増す。

（フレッド様とのお約束を守らなければならないのに……）

一週間後には、彼と予定していた契約結婚の終了期日がくる。

「早めに元に戻っていただけないと、フレッド様自身も困りますわよね……それだと、専門家に相談するのがいいとは思うのだけれど」

「しばらくはこのままでもよいのでは？　無害ですし、記憶なら自然回復してくださると思いますよ。私としては、旦那様の言う『離縁予定でのご結婚』には思うところがありますし」

彼女が相談すると、テオドールがしれっと意見した。

「奥様はとてもよくやっております。新婚期間終了と同時に離縁など、礼節を重んじる貴族の家にはあってはならないことです」

アリアンヌは首を小さく横に振った。

「いいえ、いけません。このままが長引けば、彼の領地の人達が困ります」

彼は多くの事業にも携わっている。領地経営についてアリアンヌは何も知らされておらず、この状態が長引くのはよろしくない。

「テオドール、彼の助けになるような人に心当たりはある？」

「いえ、その手の専門家にも覚えは——ああ、とくに旦那様の血縁関係者に説明することは絶対にしない方がいいと思います」

「どうして？」

「旦那様も『連絡がない方がいい』と言っておられました通り、あまり人間的にも感心できる方々ではなく……挙式で騒いで途中でいなくった叔父のヴィクトー様がいい例です。助けになるどころか、奥様を困らせることになるかと」

そう言われて納得する。

挙式で紹介された叔父のヴィクトーは、接待がないと楽しめないと言って勝手に美女を二人連れてきて、とくにアリアンヌは苦手意識を覚えていた。

『君の手に負えるような人達じゃない、何か言われたら全て僕に振るといい』

フレッドにそう言われた時は、正直ホッとした。

会った公爵家の人々は、挨拶をした際の品定めをするように見てきた目も嫌な感じだった。できることなら関わりたくない。

考えはすぐに煮詰まった。もうそろそろ日も暮れる。

そこで今のところ〝無害〟であるフレッドのことは、一晩様子を見つつ、また明日考えることになった。

――のだが、やはりアリアンヌには〝無害〟な彼がきつかった。

夕食の準備を待ちながら、近くで読書をして待機していた。彼は、一番勤めが長いモリーが見てくれていた。

「旦那様、ご夕食の準備が整いました」

「そうか、分かった。それでは行こうか」

フレッドは立ち上がるなり、アリアンヌの元に来て手を差し出し、彼女を驚かせた。

「えっ……あの」

「移動するのだろう？　君のような素敵な女性を、一人で歩かせるようなことはしない」

いつもはそれどころか、現地集合なのですけれど。

アリアンヌがぽかんと口を開けていると、彼が小さく笑った。

「とはいっても、僕も初めての場所だから案内はできないが」

「あ、そうでしたわね、記憶がないから……わたくしが知っていますから、あっ」

「さあ、手を添えて。そう、これでいい」

彼が、自分の腕にアリアンヌの手を絡めさせ、上から大きな手まで添えた。にこっと美しい笑みを向けられ、彼女はじわじわと頬が熱くなる。

こんなこと、異性にされた経験がない。思わず身を引こうとしたら、彼が脇を締めて手を離せなくなってしまった。

「遠慮しないで。場所は知らなくともテオドールが案内してくれる。君のナイト役であれば、今の僕にでもできる」

「い、いいえ、遠慮だなんて」

彼の口から、ジョーク交じりで『ナイト』と言われるのも慣れない。

頭の中が混乱しそうだ。でも、彼にこんなことさせていいはずがない。

「あの、わた、私にエスコートは不要ですからっ」

咄嗟に素の一人称でそう告げた。失礼を承知で手を引き抜こうとしたら、今度は意図的に手まで握られて引き留められた。

「謙虚なところも好ましいが、あまりにも遠慮すると抱き上げて連れて行ってしまうよ？」

（どんな嫌がらせですか⁉）

　想像して、アリアンヌはさっと目元を染める。

　使用人達が、向こうで全員一斉に顔を横にそむけていた。小さく震えている様子から、驚愕《きょうがく》中なのが分かる。

　アリアンヌは彼に腕をほどいてもらうのを諦め、エスコートされることにした。困惑を背中で隠したテオドールの後ろを、二人で並んでついていく。

「それにしても、君が僕の妻なのか」

　歩きながら、フレッドがしげしげと二人の左手の結婚指輪を見た。

　彼の好みではない女性だから、いよいよ不思議に思っているのかもしれない。

（腕を絡めても『いつも妻にしていた』という実感がないのは、当たり前なのよね……）

　記憶が一時的に飛んでしまったことが発覚してから、バタバタしていた。

　テオドール達によって夫婦であることの説明がざっと伝えられただけで、まだ詳しく説明していない。

「わたくしが妻なのですが、実は――」

「ああ、やはり妻なのか。良かった。二人で過ごしていたというのに、君が離れて座るものだから、深く話もできなかった。隣に行かせてくれる許可をもらえたのなら、そばで語り合えたのに」

「ごほっ」

とうとうテオドールが咽《む》せた。

隣に行ってもいいかと尋ねられた時、アリアンヌは『そちらでごゆっくりされていてください』とフレッドの提案をやんわり断った。そこが本来の、彼が休んでいる一番上等な席だったからだ。

「あの……フレッド様は、どうしてお話をされたいとお思いに？」

使用人達との会議を解散してからずっと、どうも彼からお喋《しゃべ》りがしたいと言われている気がしてならない。

するとフレッドが、高い鼻梁《びりょう》にかかる金髪を揺らしてアリアンヌを見下ろしてきた。

「君と話したいからに決まっている」

「え？」

「僕は三ヵ月前に結婚したと聞いた。その結婚相手が君で間違いないのなら、君のことを知りたい」

彼が、じっくりアリアンヌの顔を見つめてくる。

いよいよアリアンヌの困惑はピークに達した。記憶喪失になってしまったフレッドは、これまで通り放っておいてくれるどころか、真逆の反応を示している。

（こんなこと、有り得ないわ）

彼がなぜか『知りたい』と言ってくる。そのサファイヤの瞳に真っすぐ映し出されていることに、アリアンヌは動揺した。

◆◆◆

結局、夕食をしても湯浴《ゆあ》みをしても、フレッドの記憶は戻らなかった。

何一つ思い出していない彼を、一人にさせておくこともできない。この日は、そのまま一緒に彼の寝室で寝ることになった。

「私がフレッド様の寝室にだなんて……」

ナイトドレスで異性の寝室を訪ねることに、アリアンヌは卒倒しそうだった。

案内するテオドールは「大丈夫です」と励まし続けている。

「普段寝慣れている場所だと、思い出す可能性も高いかと。それに、私のよく知る旦那様は無暗《むやみ》に女性に手を出すお方ではありませんから」

テオドールの言葉にやや棘《とげ》があるのは、知らぬところでされていた愛人のための契約結婚の計画のことだ。フレッドは仕事熱心で、これまで女性遊びなどしなかったらしい。

（一途なのは良いところだと思うのだけれど……）

立派な公爵にまで教育したテオドールにとって、やはり身分が相応《ふさわ》しい人を迎えて欲しい思いが強かったのかもしれない。

テオドールに導かれて寝室に入ると、ガウンを羽織ったフレッドが立っていた。

すぐに彼と視線が重なって、アリアンヌは驚いた。

「先程ぶりだな。僕も今ついたところだ」

「そう、だったのですね」

主寝室に入ったのは初めてだ。より緊張を覚えてしまう。

（ここが、フレッド様がいつも休んでいらっしゃる部屋……）

広々とした室内には、金工の素晴らしい調度品が置かれていた。ベッドサイドテーブルの近くには、彼が寝る前に仕事をしていたであろう机と椅子も置かれている。

天蓋のついたキングサイズのベッドは、仕様からもリラックスできる雰囲気が強い。モリー達が最終チェックをしている。

「旦那様、こちらへ」

ナイトガウンを取ったメイドに促され、彼がようやくベッドへ向かう。

夫婦として寝るのも雰囲気があっていい大型級のベッドだ。アリアンヌは余計に落ち着かなくなる。

「テオドール。本当に大丈夫かしら？」

こそっと尋ねる。異性と添い寝なんて経験にないから不安だった。

「今の旦那様は記憶がないのですから、ご心配は不要かと」

「そう、よね……」

「初日は私ともう一人で、使用人用の待機部屋におります。何かあれば大声を上げてください。無礼を承知で、旦那様をこの機会に叩《たた》きのめさせていただきます」

「……そ、そう。お手柔らかにね」

それほど愛人のことで裏切られた感が強いのだろうか。アリアンヌはテオドールの地雷を踏まないよう、大人しくフレッドが待つベッドに潜り込んだ。

「それでは、おやすみなさいませ」

テオドールが消灯し、全員が寝室を出て行った。

すると、見計らったかのように隣がもぞもぞと動いて驚いた。

「君が僕の妻だというのは、本当か？」

並んだ二つ目の枕の近くまでフレッドが寄ってきて、近くから見つめられる。

「え、と。夕食前にもお答えしたように、そうですわ」

吐息がかかりそうな近さに、アリアンヌは心臓をばくばくさせながら頷く。

「それなのに君はよそよそしい」

シーツに広がったアリアンヌの赤栗色の髪に視線を滑らせ、彼がそっと指で触れる。

なぜ触れているのか。一層ドキドキして咄嗟に目をそらした。

「それは、今のフレッド様は覚えていらっしゃらないですが……その、わたくしは名前だけの妻だからです」

「名前だけ？　そういえば、テオドール達も『結婚している』と説明した時、少し冷たい印象があったな」

彼らは、アリアンヌを急きょ利用して結婚したことを憤慨していた。

そんなことを思い返していると、フレッドがもっと寄ってきてビクッとした。ぱっと見つめ返したら、拳数個分の距離から彼がじっと見つめてきた。

「気にしないでくれ。知らないベッドが大きすぎるせいかな、心細い」

取ってつけたような言葉だと感じた。しかし、彼女はふと思い直す。

「……記憶がないから、心細いのでしょうね」

これまでの自分の全部をなくしてしまったら、アリアンヌも同じ気持ちになるだろう。

そんな彼女を見つめて、フレッドが安心させるように微笑んだ。

「そうかもしれない。だから、そこにいてくれるか？」

「あっ、はい。それなら」

近くの彼の笑顔が慣れなくて、流されるがまま頷く。

フレッドがもぞもぞと寝具の中で動いて、また少し身を寄せてきた。そして、また彼がじっとアリアンヌを見つめる。

「――平気そうだな。なら、もう少しいけるか」

「えっ？」

言いながら、フレッドが素早く二人の間を縮めた。

「うん、これでいい」

彼がにっこりと微笑む。

目の前に互いの顔しか見ない状況になって、アリアンヌは恥じらいを覚えた。けれど彼の爽やかな笑顔には裏があるようには見えない。

「そう、ですか。フレッド様がそれでよろしいのなら……」

「それで？　形ばかりの妻というのは？」

「あっ、その、記憶が戻ったら、フレッド様は速やかに私と離縁しなければならなくて」

「なぜ？」

「この結婚は、ただの契約なんです。フレッド様には、愛する人が他にいます」

記憶がないからか、彼は「ふうん」と言って、言葉を頭の中で繰り返すような顔をした。

（やっぱり、だめみたい……）

愛した人がいると教えれば思い出してくれるかも、と期待したアリアンヌは、ひっそり落胆する。

視線を落としてすぐ、頬に落ちている髪を後ろへと撫《な》で梳《す》かれた。驚いて目を上げると、彼が大きな手で体温を分け与えるみたいに頬も撫でてくる。

「困った顔をしている」

「そ、その、事実をお話しすれば何か思い出してくれるかもと思っていたのですが、ええと、効果がなかったようなので……」

彼の手は二度、三度と頭を撫でてきた。慰めるにしても必要以上なのではないかと思えて、話に集中できなくなる。

「聞かされた話を思い返しても、まるでピンとこないではある」

手をようやく離したフレッドが、またアリアンヌを見つめてきた。

(こんなに近くで見るだなんて、不思議だわ……)

アリアンヌは、緊張しつつ目の前にいるフレッド・ロードベッカーを見つめた。

こんなにも彼を見つめ、これほど彼に観察されたのも経験はない。

(思い出そうと頑張ってくださっているの、かな……? それなら、やはり動いてはいけないわよね?)

異性とのこの距離が慣れなくて、ドキドキしながら待つ。

「僕は、君を愛していなかったのか」

ようやく彼が口を開いた。

「――ええ、全然」

事実だったので、これは落ち着いて伝えることができた。

「そう言われても、やはり実感はないな」

うーんと考える彼の反応は、なんだか素直な印象があった。いつもお堅く変わらない表情だと思っていたから、少し新鮮だ。

（ふふ、なんだか可愛《かわい》いかも）

自然とそんな感情を抱いたアリアンヌは、ハッと我に返って反省した。

「実感がないのも仕方ありませんわ。フレッド様は、記憶をなくしてしまっていますから」

慌ててフォローする。彼が「いや、そうではなく」と言い、続けてきた言葉に彼女は目を瞠《みは》った。

「だって君は、こんなにも美しい」

「えっ……？」

聞き間違いかと思った。

「それなのに、結婚して全く興味を持たなかったというのが信じられな――うん？　なんだ、初めて言われたみたいな顔だ」

「え、ええ、実際初めてですから……」

「共に暮らしていたというのに、記憶があった時の僕は一度も君にそう言わなかったのか？　信じがたいな」

今度は彼の方が驚きを滲《にじ》ませ、片眉を引き上げた。

アリアンヌは顔がじわじわと熱くなった。本気で言っているみたいだ。化粧だってしていない今の顔を、慌てて寝具を引っ張り上げて半ば隠す。

「わ、私は美しくなどありませんっ。それに、フレッド様にはもっと美しい恋人がいらっしゃるんです」

たぶん、とアリアンヌはフレッドの美しさから想像する。

「『美しい恋人』、ね。実感が微塵《みじん》もないな」

ぼやいた彼の声は、どこかすむっとしていた。

咄嗟のことでまた『私』と言ってしまったが、彼は気にしていないみたいだ。

今の彼は記憶喪失なので、元々の一人称でも大丈夫そうだ。記憶が戻るまではそうして問題ないだろう。

「さ、もう寝る時間です。おやすみなさいませ」

一眠りしたら、記憶も戻っているかもしれない。

アリアンヌは普段の就寝時間を教え、彼に背を向けて無理やり目を閉じた。寝心地のいい環境に、自分でも呆《あき》れるほどいつも通りすぐ眠りに落ちた。

二章

翌日、アリアンヌはいつも通りの時間に目が覚めた。

寝具の中がいつもより温かい。二度寝してしまいたくなる心地よさだった。

しかし目を開けた途端、見目麗しい男性の寝顔が視界に飛び込んできて、心臓が止まりそうになった。

（……そういえば、フレッド様と寝たんだわ）

彼が目を閉じて眠っているのを、結婚してから初めて見た。

女性的な印象もあると思っていたフレッドの整った目鼻立ちは、男らしかった。目を瞑《つぶ》っていると安らかそうに見えるのも不思議だ。

（普段の眉間の皺は、彼の意識によるもの、なのかしら……？）

それでいて、よく眠る人であるらしいことにも緊張が抜けた。

新鮮な気持ちで彼をしばらく眺めていた。

ほどなくしてノック音が響いた。テオドールの声がしたので、アリアンヌもそろそろ起きなければと思う。

だがその時、パチッとフレッドの目が開いてびっくりした。

「テオドール、入っていいぞ」

寝惚《ねぼ》けた感じもなく、彼のサファイヤの目が扉へ向く。

(ま、まさか、起きてらしたの？　いえ、違うわよね？)

心臓がどくどくした。すると、彼が今気付いたみたいに笑いかけてきた。

「おはよう、アリアンヌ」

「あ……お、おはようございます」

目覚めがいいだけなのかもしれない。メイド達を連れて入室したテオドールも、上体を起こしたフレッドに対して普通だった。

朝の起床から身支度まで、彼らが丁寧に手伝った。

そして、いつも通りの日程で二人の朝食も行われた。

「――まずは記憶を戻す方法について、皆さんの意見を募りたいわ」

朝食後、今度は全員がダイニングルームに集まり、再びアリアンヌと使用人達による会議が行われた。

「旦那様が記憶を一時的に失う、というのも想定外ですよ」

テオドールが溜息《ためいき》をこらえた顔をした。

「たんこぶだけですし、朝になれば旦那様も元に戻るものと思っておりました。昨日と同じ朝食を見ても思い出す気配もないとは……」

「夜に契約結婚のことも含めて話してみたのだけれど、反応がなかったわ」

アリアンヌが話すと、メイド達の間からも落胆の息をもれる。次にある昼食の仕込み前の時間に集まってくれたコック達も、残念そうだ。

何より困っているのは、あのギャップだ。

アリアンヌは、一同と揃ってそちらを見た。

食卓に一人残ったフレッドが、使用人に手渡された雑誌を興味深そうに眺めている。心なしか楽しんでいるようにも見えた。

「……俺、まさか旦那様が受け取るとは思っていませんでした。あの手の雑誌を『つまらないもの』と嫌っていたのに……」

「でも、ナイスですわ。楽しんでくださっているみたいですし」

「暇をさせずに済んで助かったわ。素敵な提案をありがとう」

アリアンヌが微笑みかけると、彼は少し照れた表情で頭をかいた。

「問題は、旦那様を元に戻す方法ですね」

「テオドールの言う通りだわ。思い出すきっかけになるように屋敷を見て回れば、そのうち元に……戻るわよね？」

アリアンヌは、言いながら不安になった。

昨夜から、フレッドにゆかりのあるものを見せたり食べさせたりしていた。今のところ『覚えているような』という反応さえないままだ。

「今のところ作法や生活は忘れていないようですので、戻ると思います。頭のかすり傷も、すでに治りかけです」

テオドールの発言から、本日も引き続きだろうという空気が強まる。

「本当なら、専門家に見ていただく方が早いとは思うのだけれど……記憶専門のお医者様なんて聞いたことがないものね……」

アリアンヌは、立つ自分の足元をじっと見つめる。こっそり受診させられるような知り合いもいない。

幸いなのは、フレッドの仕事がひと段落ついたことだ。

（たぶん、離縁の手続きで走り回るために空けていた時間、よね……）

契約期日まで一週間を切ったことを思って、アリアンヌは表情を曇らせた。ハタと名案を思い付いて顔を上げる。

「フレッド様の恋人を捜して、連絡を取ってみるのはどうかしら？」

彼にとって、もっとも思い出が強いことだろう。

テオドールが、使用人達と揃って考え込む。

「旦那様が密《ひそ》かに溺れていた愛人様、ですか……娯楽もされない堅実なお方でしたから、いまだ信じられないことです」

「でも、彼はそのために私と契約結婚しましたわ」

「確かにそうではありますが……なぜ奥様は、愛人様に連絡を取ろうと？」

テオドールが、立場を気遣ったように窺ってきた。

ショックではない。納得してお飾りの妻をしているのだとは何度も言ったが、使用人達はアリアンヌを不憫《ふびん》に思って同情していた。

父からは、領民達も活気づいて、一緒になって復興作業に取りかかっているという元気な知らせがあった。

三人の弟達も、令息として申し分ない学校へ移った。

（だから私は、フレッド様との約束を守るの）

弟達からの賑やかな便りをもらって、アリアンヌも元気をもらえていた。フレッドには感謝もしている。

「愛していた女性と会えれば、彼の記憶も戻るのではないかと思うのです」

「旦那様に限ってロマンチックな解決方法は想像できないのですが、まぁ、確かに一番思いが強いのは愛人様でしょうかね？」

彼と幼少から付き合いがあるテオドールは、いまだ完全には疑念を拭えない様子だ。

とはいえ、賛同を得たとアリアンヌは両手を合わせる。

「そうよねっ。早速だけれど、連絡先を見付けられそうかしら？」

「それはどうでしょうか。御者も知らないと言っていましたし、テオドール様も存在を知らなかったくらいですわ」

モリーは、難しいのではないかと控えめに考えを述べる。

普段からフレッドは出入りも多かった。密かに外出先で落ち合っていたとすると、恋人と過ごした場所の範囲をしぼるのも難しい。

すると若いメイドが、名探偵のポーズをした。

「旦那様も、慎重になってお手紙を処分していた可能性もありますわね」

「ヒント一つ残さないなんて、さすが旦那様」

「でも……あんな家族と育ってきたんだったら、心の寄りどころを求めるのも分かるかも」

「じゃあ愛人様は、お屋敷を持つ前に出会った誰かとか？」

若い使用人達が、ひそひそと囁《ささや》き始めた。

「おやめなさい、奥様の前ですよ」

テオドールがじろりと目を向け、いったん若い使用人達を黙らせる。

（何かご事情があったのかしら……？）

挙式で見た家族との様子を思い出して、アリアンヌは少し聞こえた身内事情が気になった。

だが、はぐらかすようにテオドールに質問される。

「奥様は、旦那様から愛人様について何かお聞きになったことは？」

「いえ、どちらにお住まいかも聞いていなくて……。最近も会っていたはずですし、何か証拠が残っているのではないかしら」

記憶喪失になったのは不意打ちであるし、直前まで仕事用の返信作業に追われていたフレッドも、手紙を処分する時間がなかった可能性がある。

そんなアリアンヌの推測に、男性使用人達も確かにと同意を示す。

「テオドール様、俺らで旦那様の書斎を捜してみますか？」

「そうですね。私の知らない隠し場所があることを前提に、旦那様が直近で触っていた場所をみんなで一度捜してみましょうかね――」

テオドールが皮肉を込めつつ、そう言った時だった。

「『旦那様』というのは、僕のことかな？」

「うわぁっ」

肩をポンッとされた男性使用人が悲鳴を上げた。突然上がった美声に、アリアンヌ達も声が出そうになった。

「この雑誌、なかなか面白かった」

いつの間に来たのか、フレッドが彼に雑誌を手渡した。

「そ、そうですか。それで俺にお声を……え、と、もう全てお読みに？」

「全て目は通した。何が面白いのか解明できなかったが、文章はなかなか凝っている」

「はぁ、そうですか……」

面白味《おもしろみ》が分からないのに、謎を解くような感覚で読んでいたようだ。

変わった人だ。アリアンヌは呆気《あっけ》に取られた。全部目を通したのは、彼本来の生真面目さからきているのだろうか。

「目の前にいるこの『記憶なし眉間の皺なしの旦那様』に一本取られたかと思うと、微妙な心境になりますな」

観察していたテオドールが、苦虫を噛《か》み潰《つぶ》したような顔で呟いた。

驚かされたのが癪《しゃく》だったのだろう。こんな風に気軽に声を掛ける人ではなかった。

「随分フレンドリーだけれど、交流があるのはいいことだと思うわ」

「そうですか。しかし記憶を思い出したら、都合よく忘れるんでしょうな」

「あ……、そうよね、今の彼は記憶をなくした別人のようなもので……」

考え込もうとした矢先、不意に後ろへと引っ張られて驚いた。フレッドの腕が肩に回って、テオドールから一気に引き離された。

「君は僕の妻なんだろう。目の前で僕よりも執事の方と親密にされると、いい気がしない」

　肩を抱き寄せた彼に上から覗き込まれて、アリアンヌはぽかんとする。

（……はい？）

　なぜか、フレッドの目は小さく非難している。

「あの、親密さはとくになかったような……」

「君の顔を一番眺められる特等席だ。案外役得だと思っているのかもしれないぞ」

「旦那様、私はそんなこと思っておりません」

　見かねたテオドールが、若干棘のある声で口を挟んだ。

「あなた様は結婚したばかりの妻を独占する夫ですか。落ち着いてください」

「新婚だろう。法的にも、残り一週間ほどはその期間のはずだ。そもそもテオドール、僕は君の主人と聞いたが、違うのか」

「いいえ、当たっております」

「それなのに僕に意見するのか？　そもそも夫である僕より、お前と近い距離でいる機会が多いというのは、いささか問題であると思うがな」

　言い募るフレッドに、アリアンヌは茫然とした。テオドールも口元が若干引き攣っているし、使用人達も戸惑いを漂わせている。

凜々しい眼差しは、記憶があった時を思わせる。

しかし、言動はめちゃくちゃだった。フレッドは、夫の自分こそアリアンヌと時間を過ごすべきだと説いているのだ。

「奥様、どうやら旦那様は我々だけが見続けていることにも遺憾がおありのようです」

テオドールが、ふぅと息をついてそう言った。

「そんなことは――」

「当然だ。なぜお前達の接待を受けなければならない？　君を放ってテオドール達と過ごせなどと、そんな非紳士的なことは僕もしたくない」

視線がアリアンヌへ戻ると、フレッドの声が和らぐ。

「いえ、ですから私達の関係は――」

「乗馬にでも行こう、アリアンヌ。立派な馬達がいるのが窓から見えた。話している間、ずっと浮かない表情だった。こんな室内でじっとしているよりも君の気も晴れる」

「えっ？」

フレッドの手が背に回り、逃げ道を塞ぐみたいに手も握られ、そのまま歩き出されてしまった。

結婚してそろそろ三ヵ月近くだが、アリアンヌは夫への接し方が分からなくて慌てる。

（私一人でフレッド様を見るのは、無理があるかとっ）

テオドールの方を振り返ろうとした時、フレッドが顔を覗き込んできた。

「大丈夫、きっと楽しい気持ちになるから」

彼がとても柔らかく微笑んだ。

アリアンヌは心臓がはねた。自信に溢れた目は魅力的で、美しい彼に真っすぐ見つめられて胸が騒ぎ出す。

「テオドール、乗馬をする。ついて来い」

「は。すぐにご案内いたします」

先に男性使用人を走らせたテオドールが、「こちらです」と導く。

フレッドにエスコートされたアリアンヌは、モリー達もついてくるのを見て密かに安堵した。

◆◆◆

敷地内の広々とした馬場へ出た。

乗馬服姿に着替え、フレッドが早速馬を走らせる。身体の一部のように馬を操る様子は慣れていて、かなりの腕前だ。

「旦那様が仕事以外で馬を……」

六十代の馬丁も、かなり困惑している。

それを、アリアンヌもテオドール達と呆然《ぼうぜん》と眺めていた。

(こんなに楽しそうな彼を見るのは、初めてだわ……)

前を見据える彼は、遠くからでも笑っているのが分かった。サファイヤの瞳は輝き、実に活き活きとしている。

馬を見事にハイジャンプさせる姿も、頼もしい。

そんな彼の初めて見る素顔のような一面が、アリアンヌの目には眩《まぶ》しく映った。

(どうして私、こんなにも胸が高鳴っているのかしら?)

乗馬するフレッドの横顔から覗《のぞ》く眼差しは、以前の彼の強さが重なって、ずっと彼女の胸をドキドキさせている。

「――記憶を失われたことによって、好奇心も子供時代に寄っているところがあるのかもしれませんね」

顎に手をあてて眺めていたテオドールが、ふとそう言った。

「フレッド様は、幼い頃はよく乗馬を?」

「はい。気晴らしでも乗られておいででした」

馬車で移動するよりも速いとのことで、フレッドは馬術の訓練を受けて馬での単身移動もした。前公爵達が暮らす公爵邸、アーヴィン城では、楽しむために乗馬している光景もあったのだとか。

「記憶がなくなったとしても、身体は経験を忘れていないようですな」

「じゃあ、落馬の心配はないのですね。良かった」

アリアンヌだけでなく、待機していたモリー達もホッとする。同じことを感じ取ったのか、馬丁がひとまず自分の仕事に戻っていった。

「旦那様もしばらくは乗馬しているでしょうし、その間お暇でしょう。奥様は休憩になさいますか？」

モリーが、早速アリアンヌに提案する。

「いいえ、私はこのままでも」

「いい案かと思います。旦那様なら大丈夫ですよ。近くにでもテーブルセットをお持ちして――」

その時、向こうから飛んできたフレッドの声がテオドールの言葉を遮った。

「テオドールも乗馬したらどうだ？」

主人の方に背を向けた姿勢でいるテオドールが、迷惑そうな顔で考えているのをアリアンヌは見てしまった。

（普段はないのに、と舌打ちしそうな顔だわ……）

彼にとって傍迷惑《はためいわく》みたいだ。

その間にも、フレッドが颯爽《さっそう》と馬を近付けてきた。

「君もどうだ？」

「えっ、私ですか？」

馬なんて乗ったことがない。そもそもこのクリフトベリア王国では、乗馬を楽しむ女性はお金が有り余っている者達くらいだ。

「あ、あの、私はいいですわ」

「なぜ？　ああ、経験がないのか。心配せずとも大丈夫だ、僕の前に乗せるから。もちろん散歩がてら歩かせるだけだから、落馬も絶対にしないと保証する」

アリアンヌは、もっと驚いてしまった。

彼女の翡翠色の瞳がまん丸くなったのを見て、フレッドが不思議がる。

「なぜ、そんなに意外そうな顔を？」

「ま、まさか二人乗りのご提案をされているのだとは思わなくて……」

「別々で乗ると意味がないじゃないか。それに、僕の前に乗せている方が安心する」

何がどう『意味がない』のだろう。

なぜ、彼がそうしたいのか分からない。しかしフレッドに真っすぐ微笑みかけられ、理由も分からず胸のあたりがそわそわしてしまう。

「で、ですが、その」

「僕がしてあげたいんだ。そのために準備運動でこうして慣らしてきたところだ」

予想外な言葉が返ってきて、息を呑む。

(私のために……?)

すると、フレッドの目がテオドールへ移った。

「お前が付き添えば、彼女も納得して乗る。付き合え」

「旦那様、私は執事ですので、心遣いは有難く受け取っておきますが乗馬は――」

「みんなで乗った方が楽しいと、きっと彼女だって思う」

フレッドに言い募られ、テオドールが今度こそ苦々しい顔で黙り込んだ。

主人にそんな表情を返していいのか、アリアンヌははらはらした。モリー達も何か言いたげだったが、フレッドはとくに眉一つ変えなかった。

「というわけで、決まりだ。お前達はアリアンヌにも準備を」

「すぐ馬丁に声をかけてまいります」

モリーが答え、指示されたメイドの一人が慌ただしく走り出す。

「――旦那様、面倒臭いことになっていますね。今の旦那様は無害ですが、この状況だと早く記憶が戻って欲しいと思ってしまいます」

ぶつくさ言いながら、テオドールが乗馬用の革のブーツに履き替える。

その間にも、呼ばれた馬丁が女性用の乗馬服を持ってきて、メイド達が馬場の専用舎でアリアンヌを着替えさせた。

「奥様、足元にお気をつけて」

「は、はい」

馬丁に手伝われ、アリアンヌはフレッドの前に乗ることになった。だが、台に乗ってもさらに高い位置にある馬の背に躊躇《ちゅうちょ》する。

「乗り方が分からないのか。どれ、手伝ってあげよう」

そう言ったかと思うと、フレッドが彼女を抱き一気に引き上げた。「きゃっ」と声を上げた直後には、彼の前に座らされていた。

たくましい腕が腹の前に回されていて、急速に胸が騒ぎ出す。

「あ、あの、重かったでしょう？ 腕は平気ですか？」

妙に意識してしまっている自分を落ち着けようと思って、アリアンヌは言った。

「いや、君は羽のように軽い。平気だ」

真後ろから降ってきた声にどきっとした。思った以上に吐息も近い。触れ合っている背中がじわじわと熱を持つ。

「あ、の。私は、軽くは……」

「ベッドで横になっていた時にも思った」

「えっ、待ってください。持ち上げる機会はなかったはずですがっ？」

思わず肩越しに振り返る。

彼の美麗な顔が、想像以上に近くてのけぞった。フレッドの方が考えるように視線を逃がしてくれて助かった。

「君が寝相で向こうへ行ってしまったので、それを少し直しただけだ」

つまり、肩か腰のどこかを触ったのか。

アリアンヌは想像して赤面しそうになった。ナイトドレスはコルセットもないし、薄い布一枚だ。肌の感触も分かってしまう。

（ベッドはあんなに広いのに、どうして元の位置に戻そうとするのっ）

あまり寝相は悪い方ではなかったはずだが、それをフレッドに見られたと考えると恥ずかしい。

そう思っていると、彼の腕がより引き寄せてきてギョッとした。

「ふ、フレッド様っ」

「前を見ないと危ないぞ。進める」

「え？」

馬が歩き出したので、ぱっと視線を戻した。そこでようやく、アリアンヌは乗馬の高さを思い出した。

思っていた以上に、とても高い。

怖くなって、咄嗟に自分を支えてくれているフレッドに背を寄せて腕を摑《つか》んだ。彼が耳元で笑うような吐息をもらした。

「ゆっくり歩くから、大丈夫だ」

囁きかけられた唇の近さに、背が震えた。

歩く馬の足音が聞こえていた。テオドールが、少し離れて馬を続かせている。進んでいく二頭をモリー達が見送ってくれているが、アリアンヌは馬が歩くたびに揺れる感覚に集中していた。

「緊張してる?」

「と、当然です。わ、私、馬の背に乗るなんて初めてで」

「腰を楽にして、下の馬の揺れに合わせればいい。僕に身を預けて」

「は、はい」

初体験の乗馬の恐怖もあって、彼の優しい声にすがる思いで従った。

フレッドはどんどん馬を進め、そのまま馬場を出てしまった。

「あの、フレッド様、いったいどこへ……あっ」

彼が馬を向かわせたのは、果樹園だった。

馬に乗っていると、木の実が近くて新鮮な気持ちがした。こうして見てみると、乗馬も悪くない。

「木漏れ日もこんなに近くに。なんて綺麗《きれい》なのかしら」

アリアンヌは乗馬への緊張も忘れて、目を輝かせて果樹園を眺めていた。

そんな彼女を眺めるフレッドが、サファイヤの目を眩しげに細める。

「楽しい？」

「はい、とても楽しいです」

「そうか。それは良かった」

やけに近くで返事があったことを疑問に感じた次の瞬間、アリアンヌは、頬に柔らかな熱を押し付けられるのを感じた。

「え……？」

すぐに離れていった温《ぬく》もりが、彼の唇だと遅れて気付く。

（ど、どうして頬にキスを？）

感触が残る頬に手をあて、戸惑いながら肩越しに振り返った。

ずっと見ていたのか、フレッドの柔らかな視線とぶつかる。

「君はとても可愛い人だな。君のあらゆる初めての体験を、一人占めしたくなる」

どこか艶《なま》めかしい笑みで見つめられて、アリアンヌの胸が早鐘を打った。

記憶を失った彼は、彼じゃないみたいだ。

歯の浮くような言葉も似合っている。それを言われているのが自分だと思うと、アリアンヌは余計に恥ずかしくてたまらない。

（以前の彼とは想像がつかない……でも、愛した人にはしていたのかしら？）

身体が覚えている、という言葉が不意に蘇る。恋人とのことを想像し、アリアンヌの胸をツキリとさせた。

「旦那様。奥様を乗せているのですから、前から注意を離さないように」

そう投げられたテオドールの声を聞いて、後ろからついてきていたことをハタと思い出した。

（頬へのキスを、きっと見られてしまったわ）

アリアンヌはたまらず俯き、頬を両手で覆った。フレッドが彼女の反応を面白がって笑う。

「もう結婚しているのに、婚約前の淑女よりも初心だな」

それは、結婚したあとでさえ経験がないからだ。

彼と知り合う前も、異性との交流なんてほとんどなかった。

「そ、そもそも、どうして頬にキスなんてしたのですか」

「男には、衝動的にしたくなることだってある」

「衝動的にされても困りますっ」

社交界でよくあるような、甘いスキンシップもどきだってだめなのだ。舞踏会などで男性に言い寄られる女性みたいに、アリアンヌは平然としていられない。

「僕らは夫婦で、君は奥さんなのに？」

「ただの契約です」

見つめ返せないので、せめてもの抵抗だと思ってさっと顔をそむける。

「――そんな愛らしい態度をされるから、したくなるんだ」

フレッドの指が、さらりと髪にかかってアリアンヌはびくっとした。

見ないままではいられなくて、つい視線を向ける。すると彼が、彼女の赤栗色の髪をそっと唇へ引き寄せていた。

「他の男の前では、してはいけないよ。たとえ、気を許している執事だろうとね」

そのまま、髪にちゅっと音を立ててキスをされた。

その光景を見せつけられたアリアンヌは、かぁっと耳朶《じだ》まで熱くなる。

なんの意味があって、そうしているのか分からない。とても甘い空気が漂っているようでドキドキした。

「あ、あなた様の執事ではないですか」

「さあ、知らないな。僕は覚えていないから」

優雅に髪を離しながら、フレッドが意味深に微笑む。

「ああ、やはり美しいな。表情が変わる愛らしさも癖になりそうだ。もっと恥ずかしがらせたくなる」

「ご、ご冗談を」

「どちらだろうな、想像にお任せしようか」

くすくす笑いながら、彼が「そろそろ戻ろうか」と言って手綱を操る。

こんな彼は、知らない。

悪戯っぽく笑った表情は、アリアンヌの胸を一層かき乱した。彼に唇を押しけられた頬が熱い。

馬場に戻ってからも、しばらく落ち着かなかった。

◆◆◆

記憶喪失が発覚して、早四日目となった。

フレッドは、いまだ記憶が戻らないままだ。

午後四時の小休憩を迎えたアリアンヌは、テオドール達と集まったサロンでぐったりしていた。

（なぜ、私に付きっきりなのかしら……）

フレッドは、片時もアリアンヌをそばから離したがらなかった。

屋敷内を散歩したり、庭園を歩いたり。彼の提案で、急きょそこでお茶をすることもよくあった。

記憶がないので目を離せる状況ではない。みんなで付き合った。

そのため、恋人捜しに動けないまま日は過ぎていた。どうしたものかと、途方に暮れているところだ。

「……見える範囲内にいないと捜しに来るのも、記憶がなくなった心細さから来ている行動なのかしら？」

つい、アリアンヌの口から溜息がもれる。

するとテオドール達が、共感はしがたいといった様子で顔を見合わせた。

「わたくしどもから言わせると、政略結婚の妻に見惚《みほ》れた夫の構図のような……」

「何か言った？」

「いえ。勘違いかもしれません、お気になさらず」

テオドールが控えめに咳払いをした。

フレッドの屋敷内は広く、彼に希望されて日々短い探索ツアーが行われていた。楽しそうで何よりだが、残念ながら記憶が戻る気配はない。

『あの剝製《はくせい》も好みだ』

そりゃあなた様が飾ったものですから……と、みんな思った。

使用人にもよく声をかけ、時々『仕事熱心なのはいいが、きちんと休みを取りなさい』と笑顔で労《ねぎら》った。

記憶を失ったフレッドのギャップに、一同は困惑させられ続けていた。

「奥様。我々だけでこっそり書斎を調べて恋人様の情報を見付ける、というのもなかなか難しそうです」

「そうね……」

一人でゆっくりしていて、というのも今のフレッドには無理そうだ。

アリアンヌが思い悩んでいると、テオドールが向こうの席で雑誌を読んでいるフレッドを忌々しげに見た。

「もうこの際、旦那様の頭を一発殴ってみるのはいかがでしょうか?」

「えっ。そんな、だめよフレッド様を殴るだなんて」

「頭に衝撃を受けて記憶が飛んだのであれば、同じことをすれば戻るのではないかと。私も殴るのであれば得意です」

テオドールの顔は凄《すご》んでいた。

(ああ、もうかなり面倒という顔になっているわ……)

滞っている手紙のこともあるのに、乗馬やチェスに付き合わされ彼自身の業務も増えている。

「奥様、わたくしも賛成ですわ。それで今の奥様の苦労がなくなるのでしたら、試してみてもいいかと」

「そうですよ。ひどい仕打ちを晴らす、いい機会にもなるかと」

全員の目が、思案するようにフレッドへ向く。

雑誌を読んでいたフレットが、何か危険でも察知したみたいに見つめ返してきて「ん？」と固まる。

「だめっ、だめよそんなことっ」

アリアンヌは立ち上がり、みんなからフレッドを遮るようにして立った。

「しかし、奥様」

「殴ったりしたら痛いでしょう？　彼も怯《おび》えているのよ」

それで記憶が戻ってくれるとも限らない。もう一度頭を打ったとして、今後こそ大きな怪我でもしてしまったら大変だ。

「『怯えている』って……旦那様とギャップがありすぎて吐きそう……」

じわじわきた様子で身震いした使用人達の中で、若い男性使用人が口に手をやった。

「しっかりなさい。それでも公爵家の使用人ですか」

テオドールが注意するそばで、アリアンヌはフレッドへと走り寄った。

「ごめんなさい、怖がらせてしまったかしら。大丈夫ですわ、みんな何もしませんから」

「え？　ああ、いや、別にさせなければいいだけの話だから」

彼の手を包み込もうとしたアリアンヌは、ハタと止まった。

（ん？　……聞き間違いかしら？）

フレッドが雑誌をテーブルに置き、自分から彼女の手を握った。

「荒療治をするという話は、少々物騒だなとは思っていた」

「そ、そうですわよね。痛いのは嫌ですわよね」

会話を続けている彼が、なぜ自然に自分の手を包み込んでいるのか、アリアンヌは気になった。

「当然だ。治療の根拠もない理不尽な暴力に対しては、受諾しない。もしソレがされそうになったら、僕は問答無用で彼らを返り討ちにする」

言いながら冷たい目を向けられ、使用人達が揃ってビクッとした。

「……え、返り討ち？」

今度は聞き間違いではない。アリアンヌはコチーンッと固まった。

「奥様。旦那様は馬術も身体が覚えている状況ですから、この方法は使えませんのでご安心を」

テオドールが、苦渋の末といった息を鼻から吐いた。

「実は、旦那様は護衛を付けなくても済むよう、戦闘向けの馬術以外にも、体術、剣術、射撃、といった軍人訓練もこなし護身術を極めています」

なんたる才能。ロードベッカー公爵が注目されているのは、そういったあらゆることも関わってのことなのかもしれない。

「君にそんなひどいことはしない」

フレッドに手を引き寄せられてハッと我に返った。

目を覗き込まれ、いつの間にか立ち上がっている彼の近さに驚く。

「あ、あの、フレッド様」

「戸惑わなくていい。僕は美しく優しい妻に手をあげるような、ひどい男じゃない」

でも、あなたが契約結婚を持ちかけたのだ。

あの時の硬く冷たい言葉と眼差しを思い返し、アリアンヌはうろたえた。こちらを見つめる彼のブルーサファイヤの瞳には、心から思い遣るような熱が宿っている。

「フレッド様、私達は名ばかりの夫婦で――」

呼吸がしづらくなって、絞り出すような声になった。

「ほら、そんな顔をしないで。君には笑顔が似合う」

フレッドが、アリアンヌの頰を指の背でそっと撫でた。

触れる彼の指をやけに熱く感じて、心臓が妙に騒ぐ。すると彼が、手を取ったまま導いた。

「あのっ、どちらへ？」

「気晴らしに庭園の散歩にでも行こう。見慣れたこの不思議な会議は、どうやら君を退屈させるだけだ」

「いえ、そんなことはありませんわ。これは大切なことで、あなた様のためです」

慌てて告げると、以前のようなピリッとした空気を彼が初めてまとった。

「僕は、そうは思わない」

「え……？」

硬い声だった。手を強く握られて、アリアンヌは言葉を失う。

（何か、気を悪くさせてしまった……？）

ひとまず手を外させようとした。だが、がっちり握り直されてビクッとした。

「外の空気を吸いに行こう。いいね？」

彼が、最近見せるようになった気遣う表情で微笑みかけてきた。

「は、はい。フレッド様がそうしたいのなら、付き合いますわ」

様子を見守っていたテオドールが、溜息混じりに「こちらです」と言って案内した。

◆◆◆

その日も彼の記憶は戻らず、アリアンヌは再び就寝を共にすることになった。

主寝室のベッドで寝ることには、まだ慣れないでいる。

体温が分かる距離で隣同士並んで横になるのは、夫婦にだけ許されたことだ。

（クッションを間に置いたりもできないものね……）

ベッドの間を空けると、フレッドは「どうして離れるんだ？」と言う。いつも何もないまま朝を迎えるので、当初より緊張は少なくなったけれど。

少し気になることがあるとすれば、彼が寝位置を戻しているらしいことだ。

「あの……寝相が悪かったら、お見捨ておきくださればと思います」

二人きりになったところで、アリアンヌは寝具を口元まで被り直してそう告げた。

「どうして急に？」

「いえ、フレッド様が寝る位置を戻してくださっているとのことでしたので……申し訳ないですし」

実を言うと、迷惑をかけているのも恥ずかしい。

「ああ、あれは単に僕が君を――いや、なんでもない。寝相で転がってしまうのに気付いた時だけ、引き寄せて戻しているだけだ。気にしなくていい」

それを皮切りに、本日もとりとめもなく会話が続いた。

彼はすぐには眠れないようで、ベッドに横になると、こうして少しの間話すことが恒例になっていた。

（たぶん、普段この時間は寝ていないせいね）

普段は残業をし、テオドールも就寝を見届けることが少ないと言っていた。

明日は彼らと手分けして、ここ数日でまた溜まってしまった手紙の返信作業にあたる予定だ。

本来なら、公爵夫人がいた方が滞りなくスムーズだろう。いつもの業務に加え、貴族達への挨拶の手紙まで大変だとアリアンヌも感じた。

「なくしてしまっているという記憶を思い出したら、こうして君と話したことを忘れるのかな」

ふと、フレッドの声がして現実に引き戻される。

「僕は、忘れたくないな」

アリアンヌは、天蓋付きベッドの天井を眺めている彼の横顔を見つめた。

それは、彼が記憶喪失のせいだ。愛した女性のことを忘れていたと思い出したら、とても苦悩するだろう。

「忘れた方がいいです。こんな風にお話をするなんて、私も想定外でしたから」

「君は、僕と話したくなかったのか？」

彼の目が戻って来た。

不意打ちのような質問返しに、アリアンヌは一瞬ためらう。

「その……普通にお話ができれば、と少しだけ思ったことはあります」

「そうか。できないと思って、そうしなかったんだな」

打ち明けた途端、言い当てられてドキリとした。アリアンヌは新婚期間だけのお飾りの妻で、これは雇用の契約みたいなものだから。

彼が横向きの体勢に変えて、ベッドがぎしりと鳴った。

ハッと見上げると、彼が頭を腕にのせ、アリアンヌの顔を覗き込んできた。

「あ、あの、そんなことではなくてっ」

「君は正直な人だ、全て顔に出る。たぶん記憶があった時の僕が悪いんだろう。だから申し訳なく思うことなんてしなくていい」

見つめる彼の眼差しは『怒らないから』と伝えてきた。

「最後に一つだけ教えてくれ――僕は君と話そうともしなかったのか？」

「……お話は、しませんでしたわ」

「そうか。答えてくれて、ありがとう」

緊張してためらい答えたのもつかの間、彼が考える目で枕に後頭部を戻し、天蓋付きベッドの天井を眺める。

（不思議だわ。あの彼と、こんな風に話しているだなんて）

それでいて、こんな風に話ができている時間を、アリアンヌは半ば心地いいと感じ始めてもいる。

それは過ごす中で、本来のフレッド自身でもあると感じたからだ。

乗馬を楽しむのも、好奇心を宿した目で文章を読むのも、庭園で植物を見て目を細める姿も——。

（きっと彼が好きになった女性だけが見ている、彼の本来の姿の一つなのね）

彼女から、フレッドの役目を奪ってしまったような罪悪感が込み上げた。

こうして寄り添ってあげるのも、本来はアリアンヌの役目ではない。

考えるほどに、胸がキリキリと痛んだ。連絡の取りようがないので、どうしたものかと思い悩む。

「浮かない表情だ。何か考え事でも？」

つい溜息をもらしてしまった拍子に、フレッドが顔を横に向けてきた。

「いえ。フレッド様の愛する人に、申し訳なさを感じているのです」

アリアンヌは、柔らかな苦笑を返した。

するとフレッドが、やや眉を寄せて腕で頭を起こした。聞き捨てならないと言わんばかりにアリアンヌを見下ろす。

「どうして君が申し訳なさを覚える？」

「よその女性に慰められていると知ったら、傷付きますわ」

「僕の妻は、君だろう」

「離婚予定の、名ばかりの仮の妻ですわ」

フレッドはどんどん覗き込んでくる。彼の髪先が今にも顔に触れそうになって、アリアンヌは咄嗟に寝具に顔の下を引っ込めた。

その愛らしい反応を見た彼が、何やら思ったように少し考える。

「……話もしなかったし、寝室は別々。先日も頬へのキスだけで恥じらった――契約結婚とすると、やはり君とは清い仲なのか」

「ごほっ」

いきなりなんてことを。

アリアンヌは頬を赤らめた。すると彼が「ふむ」と観察してくる。

「図星か」

「ふ、フレッド様っ」

「ああそうだ、離縁予定だと口にしていたが、まさか他の男とはすでにキスを経験していたりはしていないね？」

「したことはありませんっ。頬に唇で触れられたのもフレッド様が初めてで……っ」

フレッドが愉快そうに目を細める。

余計なことを言ってしまった。先日の乗馬のことを思い出し、アリアンヌは顔に熱が集まった。

(彼は、ただ面白がっているのだわ)

「こ、今夜のお話はもう終わりですっ。寝ましょう!」

アリアンヌは頬の熱を誤魔化すべく、無理やりそう話をまとめて寝具を被る。

「余計に眠れなくなってしまった。もう少し付き合わないか?」

とんとんと指で肩をつつかれた。

起きていることを催促されるのは初めてだ。記憶がないせいで無垢《むく》に質問してしまうことを考え、アリアンヌは警戒心もなく寝具から顔を出す。

「まだ眠れそうにないのですか?」

見つめ返した途端、彼の瞳がにーっこりと微笑んだ。

「君と、キスしてみたいなと思って」

「ごほっ」

なんてことを!

またしてもそんな感想を抱いた直後、身を寄せてくるフレッドにハッとした。

「だ、だめですからねっ」

「なぜ? 妻なのだろう?」

言い返している間にも、寝具の中を移動されてフレッドがのしかかる。

抵抗もあっさりねじふせられ、両手をベッドに押さえつけられてしまった。

「フレッド様っ」

「少し試してみたいだけだ。ちょっとキスをするだけだから、大人しくしておいで」

「殿方のキスの認識って、そうなのですか⁉　ちょっとするしないの問題ではありませんっ。私はファーストキスなのです！」

近付いた彼の顔に思わず叫んだら、目が熱っぽく細められた。

「アリアンヌ。それだと、余計に逆効果だ」

何が逆効果なのか、考える余裕もなかった。

「あっ――――ン」

次の瞬間、彼の唇とアリアンヌの唇が合わさっていた。

あまりにも柔らかな感触で驚いた。目を丸くしていると、フレッドに優しくついばまれてビクッと身体がはねる。

「ん……、あ」

びっくりしている間にも、フレッドは唇を重ね直してきた。

誰にも触れられたことのないアリアンヌの、彼女自身も知らなかった唇同士の感触を味わわせるように、ゆっくり、優しく……。

（待って。少しするだけって言ってたのに）

キスし直されるタイミングが分からず、呼吸が苦しくなってきた。

「ふぁっ。フレッド、さ、ま」

「鼻から息をして」

（そうじゃなくて、『ちょっとするだけ』って言いましたよね⁉）

そんなアリアンヌの反論などお見通しなのか、彼が再び唇を重ね合わせた。

「ん……っ、ンぁ……ふ」

彼に舐《な》められると、ぞくんっと背が痺《しび》れた。

唇を吸われると胸が甘く疼《うず》くみたいにきゅっとして、頭がふわふわする。アリアンヌの足が、組み敷く彼の下でシーツの衣擦《きぬず》れの音を立てていた。

長く唇同士が触れ合っているせいで、互いの体温が上がっていくのを感じる。

「口、開けて」

はぁっと熱い吐息をこぼしたフレッドが、少し唇を離す。いつの間にか、手は指を絡められ握られていた。

アリアンヌは、彼が何をしようとしているのか分かった。

「それ、もっと無理で――んんっ」

乱れた呼吸でどうにか首を小さく横に振ったら、無理じゃないと言わんばかりにフレッ

ドが唇を押し付けてきた。

「んぅっ」

震えるアリアンヌの唇が、肉厚な熱い何かでこじあけられる。

(やっ、舌が……っ)

ちゅくりと舌同士が当たって、ふるりと震える。

フレッドは余裕たっぷりに口内を舐《な》め回《まわ》した。割って入った時とは違い、慣れさせるみたいに動きは優しい。

「あ、ん……ふぁ」

「ああ、いい顔に蕩《とろ》けてきた。舌から緊張が抜けているの、分かる?」

その通りだったので、羞恥に震えた。

逃げる舌を彼に搦《から》め捕《と》られるたび、身体から緊張も抜けていくのが分かった。

「そのまま任せていい。気持ちいいところがあれば、僕の方に絡ませて」

肩で息をするアリアンヌに言い聞かせると、フレッドは再び奥をなぞり、ちゅくりと吸ってアリアンヌの官能を刺激する。

「あっ、ん、んんっ」

キスが淫らになる。唾液の混ざり合う音を立て、いやらしく舌をこすり合わせられる。

熱く深い口付けに、次第に頭の芯がぼうっとしてくる。

（これ、何？　気持ちいいかも……）

甘い痺れが、下腹部に伝わっていくような不思議な感覚があった。

その先を知りたいような気持ちに駆られ、気付くと彼女は、恐る恐るフレッドの肉厚な熱に自ら舌を触れさせていた。

秘め事のような甘い吐息を互いの口からもらし、しばらくキスをした。

「つたないね」

やがて離れ、フレッドが唾液に濡《ぬ》れた唇をぺろりと舐めた。

（恋人には、いつもそうやってキスを……？）

息をするのがせいいっぱいのアリアンヌは、身体が覚えているらしい彼を見つめる。

「練習すればもっと慣れるよ。ほら、舐めてみて」

「えっ？　あっ――んん」

悪戯っぽく笑った彼が、あろうことかアリアンヌの口に指を二本入れてきた。

彼の指が舌を挟み込む。くちゅりと撫でられ、ぞくんっと背が震えた。

「ああ、感度はいいみたいだね」

「んんっ、んぅ？」

「今は分からなくてもいいよ。ついでに、少しいいポイントを探るから、いい子にしておいで。そのあとに舐めさせよう」

何を言われているのかよく分からない。考える暇もなく、フレッドが指でくちゅくちゅと舌を撫でてきた。

甘い痺れを感じて、アリアンヌは瞳を潤ませた。下腹部がぞわっとする。

（口が閉じられないし、苦しいわ）

それなのに、同時に気持ちよさを感じて一層困惑する。

「っなんて、君は……っ」

フレッドの方が苦しそうな表情をした。

彼が何か呟いた気がするけれど、くちゅくちゅと鳴る口内の淫らな音でかき消される。

「このまま続けたいが、それだと僕の方がまずそうだ。さあ、舐めてみて」

ようやく彼の指の動きが止まった。

（……舐めないと、終わらない？）

アリアンヌは、ためらった末につたなく舌を動かした。彼の指に吸い付き、側面を舐め取るように舌を這《は》わせてみる。

先程の深いキスと彼の指で、舌も口内も甘く痺れていた。

そのせいか、なんだか妙な心地がして、じんわりと身体の奥が熱くなっていく。

「んっ……ん、……んん」

味はしないのに、不思議と『美味《お》しい《い》』と錯覚する。何度か繰り返しているうちに吸い付き慣れて、彼の指を舌で味わった。

「いいね。とても官能的になってきた」

一瞬小さく震えた彼が、悪戯な目で笑って満足そうに指を抜いた。

「フレッド、さま……もう、終わりでいいの？」

アリアンヌは、喘《あえ》ぎながら潤んだ目で確認する。

フレッドの喉仏が上下した。

「──悪いが、こんな顔をされたら、男は我慢できないものだ」

どんな顔、と疑問を覚えた直後、のしかかり直した彼に再びキスをされていた。

「ふぁっ、あっ……ンン、ん」

興奮したように口の外と内側を貪られる。

先程より、互いの舌が滑らかなように感じた。別の生き物みたいに舌同士が絡み合い、吸い付かれるとぞくんっと背まで甘く痺れた。

「とても、甘い声だ」

角度を変えながら、何度も唇を重ね直すフレッドが熱い吐息を吐く。

「あ、ン……フレッドさ、ま……っ」

「もっと聞きたくなる。僕のものだと、刻みつけたくなるよ」

キスの合間に囁かれるが、アリアンヌは聞く余裕がない。

（身体が、熱い）

組み敷かれた身体を、激しく揺らされている。もっと奥まで舌を届かせるかのように、彼が動いているせいだ。

（まるで、裸同士こすりつけ合っているみたい……）

意識が朦朧《もうろう》としかけた時、フレッドが不意にキスを終えた。

「ああ、すまない。初めてなのに少し無理をさせたな」

彼は身を起こすと、キスで色付いたアリアンヌの唇を指で撫でた。

「どうだった？　試しのキスにしては、満足させられたと思うけど」

蕩けるような心地でいたアリアンヌは、ハッと我に返る。

彼は好奇心から試しただけなのだ。女性にとっては大切なことなのに、ゲームみたいに口付けるなんて信じられない。

「そっ、そういうことは禁止です！」

「夫婦なのに？」

「ですから――」

自分達は、入籍しているだけの赤の他人だ。

そう続けようとしたアリアンヌは、フレッドに顔を寄せられて言葉に詰まった。

「契約結婚だという言葉の方が、嘘なんじゃないかと思えてくる。僕らは夫婦で、――そして君は、僕の妻だ」

彼の視線は、どこか固執するように熱かった。

（違う、と言いたいのに……どうしてそんな目をしているの？）

強いのに、怖さよりも引き込まれるような瞳だ。アリアンヌの真っ赤な顔が映った彼の目が、ふっと離れて雰囲気が変わる。

「いいだろう、これ以上は困らせない。なんとなく君のことが分かってきた」

「わ、私のことって」

「睡眠不足は君にもよくない。『キスは禁止』は承知した、それじゃあおやすみ」

人の話を聞いているのかいないのか、彼は早口で言いながらアリアンヌに寝具をかけ直し、背を向けて寝入った。

寝室はすぐ静かになる。あっさり眠られてぽかんとした。

（殿方と二人きりになってはだめなのは、こういうこともあるから……？）

触れられた唇に手を当てたアリアンヌは、血の気が引いた。

彼がキスしたくなったのは、自分のせいなのだ。彼の愛する人が知ったら、ショックだろう。

（どうにかして、できるだけ早く記憶を取り返していただかないとっ）

彼との約束を守って、できるだけ早く離縁しなくてはとアリアンヌは思った。

三章

翌日、予定していた通りフレッドの書斎に入った。

届いて束になっていた手紙は、挨拶やパーティーの知らせなどだけだった。テオドールの指導の元、まずは午前中いっぱいで手紙の仕分けと返送対応をした。

午後からは、本題である調べものに取りかかった。

だが、広い書斎をテオドールやモリー達とも捜し回ってみても、フレッドの交際相手に関わるようなヒントは何一つ見つからない。

「ないものはないのだから、気を落とすことはない」

場の士気が落ちる一方で、フレッドは二割増しで笑顔になった。

記憶がないため、自分に愛人がいるなんて信じていない様子だった。証拠を捜すと言った時は、不愉快そうに眉を寄せていた。

「昼食からかれこれ二時間だ。テオドール、そろそろ飽きるんじゃないか？」

「――旦那様」

テオドールの声は呻《うめ》きに近い。

フレッドは、今やアリアンヌ達の苦戦を楽しそうに眺めている。一人くつろぐ彼は他人事だ。

（あなた様の〝大事な〟愛人様について調べているんですよ……）

みんな、喉元まで言葉がせり上がっていた。

協力して欲しいと思ったたし、早急に記憶が戻っていただきたい、とも思った。外で待つのは嫌がるだろうし、以前の彼を想像すると無断で書斎を探るのも怖い。

（待ってはもらっているけど、仕事部屋を探られて本当に嫌ではないのかしら？）

アリアンヌは、気にしてちらりと見やった。

ずっと見ていたのか、すぐに目が合ってフレッドがにこっと笑いかけてきた。

（あ、柔らかな笑みだわ……）

どこか艶っぽさも漂う意味深な微笑だった。昨夜のキスを思い出してしまい、アリアンヌは顔を素早くそらした。

「旦那様、秘密の隠し場所などにピンとくるものは？」

「それはユーモアがあるな。この部屋には仕掛けか何かあるのか？」

フレッドが満足そうに紅茶を飲み、テオドールに答える。

「……いえ、改装した際にそのようなお話は聞いておりません」

「ならば、ないのだろう」

鼻歌でもやりそうな口調だった。自分のことではないように答えてくる彼に、アリアンヌ達は再び肩を落とした。

仕事部屋に入っても、微塵にも思い出す様子がない。

「書棚も、あと半分以上残っているのね……」

アリアンヌは、壁に整然と並んだ膨大な本に眩暈《めまい》がした。

秘密のやりとりの手紙が本の間に挟まっている可能性を考えて、今、モリー達と一冊ずつ中を確認しているところだ。

「用心深い旦那様のことですから、どこかに隠しているとは思うのですが……すみません」

「いえっ、私の方こそ、そういった話を聞かされていない身でごめんなさい」

「奥様が謝る必要はないですよっ」

一緒になって本をチェックしているメイド達も、書類の入った箱を調べている男性使用人達も励ましを送ってくる。

書斎机の向こうを調べていたテオドールが、ふぅと息を吐きながら頭を起こした。

「奥様、こうなったら、やはり手っ取り早く旦那様の頭をガツンと――」

「試しません！　それはだめですっ」

殴っても思い出せない可能性だってあるのだから、試してはだめだ。

テオドールを含め一同に言い聞かせたものの、アリアンヌは書斎机のカレンダーを確認して表情を曇らせた。

「今週中には、お約束していた離縁の三ヵ月目を迎えてしまうわ……。どうしたらいいのかしら、フレッド様との契約期限を破ってしまったら」

「仕方がありませんわ。こんな状況ですもの」

モリーが、思い詰めたアリアンヌを素早く抱き寄せる。

フレッドがむすっとした。

「そもそも、離縁ありの契約結婚とは本当なのか？」

「本当ですよ。旦那様は、こちらもすでにご用意されていました」

皮肉めいた口調で答えながら、テオドールが引き出しから書類を取り出した。

それは離縁関係の書面だった。振って見せられたフレッドが、素早く立ち上がって向かい、やや乱暴に取った。

「旦那様、皺になってしまいます」

「構うものか。僕は、こんなものは知らない」

自分の名前が先に書かれてある書面を睨《にら》んだフレッドが、突っ込むみたいに引き出しに戻した。

乱暴な手付きに驚いたが、呼び止める暇もなかった。

フレッドが、話も聞きたくないと言わんばかりに踵《きびす》を返し、書斎から出て行ってしまった。男性使用人が慌ててあとに続く。

「……とても気を悪くされてしまったみたい。覚えていないせいかしら」

不安になった。記憶をなくしてから、こうやってアリアンヌのそばから離れることもなかった。

「癇癪《かんしゃく》、でしょうか……？」

若いメイド達も戸惑っているようだった。

しかしテオドールとモリーは、何やら考える顔をしている。

「──もしかしたら、いいご機会になっているのかもしれませんね」

「わたくしもそう感じましたわ」

二人が顔を見合わせ、頷き合う。アリアンヌはよく分からない。

「何がいい機会なの？」

「つまり奥様は、そのままでよろしいということです。旦那様は作法も忘れていないですから、記憶は消えてなくなっているわけではありません。いずれ元に戻りましょう」

そう言ったテオドールが、ハタと思い至った顔をした。

「もしかしたら書類仕事も身体で覚えている可能性があります。一度試してみてもいいかもしれません」

身体、と聞いてアリアンヌはドキリとした。

脳裏に蘇《よみがえ》ったのは、昨夜のキスのことだった。彼は手慣れていて、男女の交わりもよく知っているように感じた。

(愛《いと》しい人にやっていたのを、身体が覚えていたからなんだわ)

考えた途端、またしても胸がツキリとした。

(隣にいた私に無意識に彼女を重ねて試したくなった、とか……？)

その可能性が高い気がする。堅物なお方だと言われているし、あのフレッドが無暗に女性に手を出すのは想像できない。

「奥様？」

「えっ？　ああ、そうね。名案だわ。書類仕事はフレッド様が屋敷で行っていることだから、思い出す可能性もあるわよね」

遅れてテオドールの言葉を理解する。

キスも身体が覚えていたことを思うと胸が痛いが、希望が見えてきた。アリアンヌは気持ちを切り替えるようにテオドールへ問う。

「いつ実行できそう？」

「今日中に私の方で仕分けをして、できそうなものを準備いたしましょう。そうすれば、早ければ明日にでも試せるかと思います」

簡単なものであれば、テオドールが指導してフレッドに行わせることも可能だ。

しかしそう語ってすぐ、彼は不意に溜息をもらした。

「記憶が戻る可能性には期待したいのですが、元に戻ったとしたら、今あったことを忘れる可能性が少々気掛かりです」

どうして？

だって、今のことは忘れた方がいい。今のことを何もかも忘れて、元に戻った方がフレッドも困らずに済む。

（――夢みたいに、なかったことになる方がいいわ）

相手は、契約をしたフレッド・ロードベッカー公爵だ。

そう分かっているのに、話せるようになった暮らしに、アリアンヌは胸が高鳴るのを感じていた。

彼と、もっと話していたい気になる。

けれど彼が人生を賭けて愛している人から、彼を奪ってしまってはいけない。

彼はアリアンヌの家族だけでなく、領民にまで笑顔をくれたのだ。彼との約束を守りたい。彼が愛する人と同棲《どうせい》できるように離縁しなければ――。

「アリアンヌはいるかっ？」

その時、フレッドが駆け込んできた。

驚いて息を止めたアリアンヌのそばで、テオドールも戻って来たことに目を丸くする。

「旦那様、先程出て行かれたばかりでは」

「妻を置いていくものか。ついてこないから戻ってきたんだ、当たり前だろう」

鋭い目が向けられて、アリアンヌは緊張する。

「あ、あの、同行を怠ってしまい申し訳ございません。名ばかりとしても、妻としては義務だったかもしれませ――」

「ああ、いや違うんだ。君は悪くない。どうか謝らないでくれ」

フレッドが大股で歩み寄った。

「すまない、義務だなんて悲しいことを言わせてしまった」

正面から手を包み込まれて言葉が詰まった。結婚後、指一本触れてこなかったフレッドに触れられるのはまだ慣れない。

「僕もこんなことは初めてなんだ。ただ。君が心配して付いてきてくれたら嬉《うれ》しい、なんて思ってしまって……ったく、子供みたいなことを考えたものだ」

「えっ？」

遅れて到着した男性使用人が、廊下で足を滑らせて派手に転がり込んできた。

その音に、小さくなったフレッドの声を聞き逃した。

「フレッド様、申し訳ございません。今、何かおっしゃいまして？」

「いや、マイナスポイントになりそうなので、君には言わないでおこう。テオドール、アリアンヌの休憩の支度を。それから、お前は僕のチェスに付き合え」

相手を頼まれたテオドールは、心底嫌そうな顔をした。明日の計画を固めたところだったので、彼は書斎から離れたくないのだろう。

チェスもフレッドが忘れていないことだった。

すっかり暇になっている彼は、テオドールだけでなく、男性使用人達にも「手が空いたらしないか」と誘ってチェスをやっていた。

昨日も、料理長が話しがてら、大変困惑しながら相手を務めていたものだ。

前公爵の屋敷暮らしだった時は、よくやっていたらしい。自分の屋敷を構えてからはあまりしていなかったことだ——とアリアンヌ達はテオドールから教えられた。

「……旦那様、この通りわたくしは手が離せない状況でして」

「ずっと捜し物をして飽きただろう。付き合え」

有無を言わさず命じたフレッドが、続いてメイド達に支度を指示する。その手際の良さは、記憶喪失だと思えないほどだった。

呆然としてしまっていると、彼の視線が戻ってきた。

「アリアンヌ、共に休憩を過ごしたいのだが、いいだろうか？」

「え？　ええ、もちろんですわ」

そういうわけで、一階のサロンルームへ移動することになった。

テオドールが見守る中で始まった夫婦のティータイムは、まさに優雅な午後の一時だった。テーブルにはケーキと焼き菓子が並んだ。

「蜂蜜入りの紅茶が好きなんだな」

「どちらも好きですわ。その時の気分で、半々飲んで楽しんでいます」

「スコーンはどうかな？　ジャムを塗れば、今の君の気分にぴったりだろう。テオドール」

「はい、旦那様」

フレッドは相変わらず、よくアリアンヌの話を引き出していた。

そして一杯分の紅茶を楽しんだあと、彼女のそばでフレッドとテオドールがチェスを始めた。

テオドールは真剣に悩んでいたし、フレッドは実に楽しそうだった。

「作戦勝ちだ」

そう勝ちを宣言した時の笑顔も、アリアンヌには珍しい表情だった。一昔前はあったものらしく、テオドールが「記憶がないのに忌々しい」と悔しがり、モリーの方も平然としていた。

気付けば、時刻はゆっくり過ぎていっていた。

途中でいったん抜けたモリーが、夕食の献立は予定通りでいいのかと確認しにきた。

「今回は僕がチェックしよう」

「まぁ、旦那様が？」

「彼女は甘いものをいただいたので、そのあとに合うものを選びたい」

モリーは目を丸くしたのち、「あらあら、まぁまぁ」と嬉しそうに相槌を打ってフレッドと確認を始めた。

チェスの前に置いてけぼりにされたテオドールが、頭を抱えた。

「……テオドール、大丈夫？　チェスで負かされ続けたのがそんなに……あっ、もしかして午後の仕事のこと？」

「はい、全く進んでいませんね。そのうえ旦那様に献立を確認されている始末です」

顔を上げたテオドールは、宙を睨み奥歯を嚙《か》み締《し》める表情を浮かべた。

「本来なら、旦那様が確認するのは有りなんですよ。しかし、我が屋敷では忙しい旦那様に任されて、ずっと私がサポートしておりました」

自己嫌悪しているようだ。

「え、と……いずれ記憶が戻るのを待つ、と言っていたけれど本当にいいと思う？」

「よくはありせんね」

付き合わされるごとに仕事を滞らされる。

そう実感したテオドールが、手を目に押し付けた時だった。戻ってきたフレッドの一声で、がばりと顔を上げた。

「なんですって？」

「テオドール、夕食の時間を少しずらした」

「今仕込んであるメニューに、少し手を加えればできる程度の変更だ。コック達に無理はさせていない」

「いえ、そうではなく、時間変更というのはいったいどういうことなのですか」

立ち上がったテオドールが尋ねると、フレッドがきっぱりとした声で言う。

「場所を外に変えて、彼女とクッキーを一緒に食べようかと思って」

「……はい？」

今度の呆けた声は、アリアンヌの口から出たものだった。

◆◆◆

一緒に屋敷の外へと出たあと、向かったのは西側にある大きな木が生えた芝生だった。

「ほら、ここからなら薔薇園《ばらえん》がよく見える」

テオドールが敷いたブランケットに、フレッドがアリアンヌの手を引いて座らせる。

「はぁ。そうですね、確かに」

救いを求める目をテオドールに向けると、「昔ですが、少ない休日は、たまにこちらでゆっくりされることもありました」と教えてきた。

（ということは、これも身体が覚えていること……？）

芝生からの眺めは、とても素晴らしかった。

屋敷の西側から眺められる薔薇園は、ここからだと塀も見えなくて、薔薇と青空の風景がずっと続いているみたいに見える。

「さ、君も食べるといい」

ぼうっとしてしまっていたアリアンヌは、声を掛けられて我に返った。

見てみると、フレッドが早速クッキーを口で割っていた。

（そんなにクッキーを食べたかったのかしら？　意外だわ）

菓子を整え終わったメイド達も、慣れない様子だ。しかしアリアンヌは、同席できるのは嬉しい提案でもあった。

夕食時間が少し後ろにずれると思うと、クッキーならまだ食べてもいいという安心感もある。早速手を伸ばし、口元でサクッとした。

「んっ。美味しい」

思わず表情をほころばせる。

するると、それを見ていたフレッドのサファイヤの目が微笑んだ。

「『クッキーを食べたい』と言って正解だったな。安心した笑顔が見られた」

「えっ」

（まさか私のために、わざわざ外に出る口実を……？）

もっと食べたいと思っていたことを、彼に察せられた。それが妙にアリアンヌをどきどきさせて、彼女は気持ちを落ち着けるため続けてクッキーを食べた。

「チョコ味がお気に召したのかな？」

「え、ええ、そうですわね」

「君に食べさせてみてもいいかな」

フレッドがにっこりと笑って、クッキーを向けてくる。

「ええっ、いえ、私は自分でっ」

だが、彼はアリアンヌの唇の隙間にクッキーを入れてしまった。

これでは食べなくてはならない。彼女は、素直に口を開けて食べた。

「どう？　美味しい？」

指先を離した彼が、視線の先で甘く微笑む。

問われて、アリアンヌは口をもぐもぐしながら上下に頷いた。

「それは良かった」

ひとまずは満足したのか、フレッドがテオドールから差し出されたタオルで指を拭った。

(こんなこと、本来あってはならないのに)

まるで新婚みたいだ。

そんな感想が頭に浮かんで、いよいよ恥ずかしい。テオドール達が一斉に視線を横にそらしたのも気になった。

「ここで寝転がったら、気持ちいいだろうな」

タオルを返したフレッドが、姿勢を楽に薔薇園の方を眺める。

「旦那様は、時々何も敷かずにそうされておりました」

「なるほど。なら、今の僕がやってもいいわけだ」

フレッドの口元に、ふと悪戯っぽい笑みが浮かんだ。気のせいでなければ、先程クッキーを食べさせられた時のようなものを感じる。

「少しだけ君の膝を借りてもいいかな」

こちらに戻って来た彼の目に、アリヌンヌは呼吸が止まりそうになった。

「あ、あの、膝枕だなんて」

殿方の頭を、太腿《ふともも》に置くのかと考えるとためらう。

「だめ?」

フレッドが、艶《あで》やかな笑みを浮かべて下から窺ってくる。

（ずるいわ。そんな顔されたら……）

強気の笑みに、胸がとくんっとはねた。

「いい、ですよ」

気付けばアリアンヌは、ドキドキしながらそう答えていた。

鼓動が速い胸に手をあてて見守っていると、フレッドが彼女の膝枕で横になった。

「あの、高さは大丈夫でしょうか？　もう少し膝を曲げた方がよろしいですか？」

「いや、とても気持ちがいいよ」

緊張して尋ねたら、フレッドが空を映したサファイヤの瞳を細めた。

彼の金髪が自分の膝の上に広がっているのを、アリアンヌは不思議に思って見つめた。

（とても、柔らかそうだわ……）

風に誘われて、つい手を伸ばした。触れてみたら、美しい髪は男性的な硬さもあってしっかりとしていた。

不意にフレッドの目が戻ってきて、ハッと我に返る。

「ご、ごめんなさいっ」

「触ってくれていい。むしろ、撫でられると一層気持ちがいい」

「……そう、ですか？　それなら」

恐々と手を動かしてみると、フレッドが心地よさそうな目をした。それを見て、アリアンヌの胸の奥で温かな感情が小さく脈打った。

(どうしてかしら、とても心地がいいわ)

膝に感じる温もりも、手に触れている髪の感触すらも落ち着けた。

とても穏やかな気持ちがした。弟達にもやっていたことが思い出され、前髪をかき上げるように優しく撫でる。

するとフレッドが、視線を合わせてきて幸せそうに目を細めた。

それもまた、アリアンヌをとてもたまらない気持ちにさせた。

「こんな時間は、とても久し振りな気がする」

フレッドが優しい声で呟いた。

それは間違っていない。彼は仕事ばかりの毎日を送っていた。アリアンヌとは契約結婚だったから、その暮らしも変わらなくて——。

その時、強めにざぁっと風が吹き抜けていった。

「気持ちいいな。夢みたいだ」

アリアンヌの赤栗色の髪と共に舞った風を眺め、フレッドが言う。

「夢、みたいなものです……こうして過ごしたことも、記憶を思い出したら忘れているでしょう」

こんな夫婦みたいな生活は『夢みたい』なものだ。

思い出したら全て元通り――そう思ったアリアンヌは、不意にフレッドに腰へ抱き着かれて驚いた。

「僕は今の君とのことを、やはり忘れたくないと思ってしまう」

アリアンヌは、何もかも忘れて心寂《うらさび》しさを抱いている彼を思い、頭を撫でてあげた。

話ができるようになったことを、嬉しくも思っていた。

おかげで彼がどんな人であるのか、その一面をようやく知れた。

(でも……あの強い瞳の輝きを、もう一度見たいわ)

素のフレッドを知っていくごとに、そんな思いがアリアンヌの中で強まってもいた。

自分を見なくなってもいい。

こうして過ごしたことを忘れてしまうとしても、離縁する前にもう一度、あの時の彼に会いたいと思う。

初めて見た時に、なんて美しい人だろうと思って見ていた彼の瞳が、忘れられないのだ。

「答えてくれないんだな。僕に忘れて欲しいのか？」

覚えていたら困るのは彼だと思うと、何も答えられなかった。

「君は、素直な人なんだな」

苦笑する吐息が、抱き着かれている腹のあたりにかかるのを感じた。すり寄せられてビクッと身体がはねたが、アリアンヌは大人しくしていた。

「――こういう時、女性はひっぱたくものじゃないのか？」

フレッドが、ちらりと目を向けてきた。

記憶を忘れてしまっていても、節度や常識を覚えているのは、彼の堅実な性格を証明している気がした。

だからそれもあって、アリアンヌも安心できるのかもしれない。

「普通ならそうかもしれません。けれど今のフレッド様は、記憶がないですから」

「ふうん。記憶がないから、か」

フレッドが考えるように呟いた。

◆◆◆

翌日、書類仕事を試させる日を迎えた。

起床したのち、アリアンヌは別室でモリー達に身支度を整えられた。

就寝は緊張したものの、フレッドは約束を守ってキスなどしなかった。今日の午後のことについても「試させたいのなら付き合うよ」と協力的だ。

とはいえ記憶をなくしてからずっと付きっきりなので、さすがに疲労感はある。

「奥様、大丈夫ですか？」

「え？　ええ、大丈夫よ、ありがとう。……少しだけ、一人で風に当たりたい気はしているけど」

　気心知れたモリーに、つい苦笑をもらしてしまう。

（こんなに一緒にいるなんて、結婚して初めてだわ）

　フレッドとは、食事の席で短く顔を合わせる程度だった。

　そのたび彼は『足りないものはないか』、『必要なものは？』とだけ確認した。何か欲しいものがあれば頼めばいいのに、君は何も言ってこないから、と言って――。

　ふと、それもあって冷遇とは感じなかったのだと気付く。

　その時、続き部屋の扉からノック音がした。

「もういいか？」

　思い返していたその人の声がして、ドキッとした。

「えっ、あ、お待たせして申し訳ありません。今髪を梳いているところで――」

「なら大丈夫だな。入る」

「ええっ」

　服を着ているのならいいだろうと言わんばかりに、フレッドが入室してきた。

　モリー達が目を丸くする。

「まぁ、旦那様、もう少し待てなかったのですか？　ご自身が先に着替え終わったからといって、淑女の着替え室に入ってくるなんて」

「残りは髪だけだと彼女に確認してから、入った」

「そういうことではございません。テオドール様、いったいどういうことですの？」

モリーが睨むと、共に入室してきたテオドールが目頭を押さえた。

「すまない、モリー、待てと言っても旦那様が聞かず」

ちょっと疲れ気味だ。記憶喪失状態なので仕方がないのか。

するとフレッドが、ふとクローゼットに並んでいるドレスを見た。

「もっと美しいドレスもあるのに」

「いえ、普段着ですから、それほど着飾る必要もないかと」

アリアンヌは、用意されていた高価なドレスを気軽には着られない、という本音を呑《の》み込《こ》んだ。

結婚まで一週間だったけれど、ずらりと並んだ服を見た時は慄《おのの》いたものだ。

『必要なものはできるだけ揃えてみたので、好きに使っていい』

社交も、彼のはからいで出席せずに済んでいる。それなのに、いったい総額いくら使ったのか……とアリアンヌは装飾品の数々にも眩暈がした。

「もったいないな。この散歩用のドレスなんて、君の赤栗色の髪にもとても似合いそうなのに。今日にでも着て歩いてみては?」

「とんでもないですっ」

確かに、いいところの貴婦人は一日に数着は着替える。

しかし美しくもないうえ、お飾りの妻である自分は着られる身分ではない。そう続けようとしたアリアンヌの台詞は、フレッドに遮られた。

「どのドレスも、君に着られたがっているように見えるけどな。どれも似合いそうだ」

フレッドがこちらへと進路を変え、とても好意的に目を細める。

(なんて決まった台詞をさらりと言えるの!?)

アリアンヌは顔が熱くなってしまった。けれど顔をそむける直前、お構いなしに彼に手を取られた。

「あっ、あの、フレッド様」

「髪も梳き終わったな。朝食に行こう」

一緒に、と言わんばかりに彼が手を引いて導く。

記憶を失った日から、こうしてフレッドはためらいもなく手を握る。何もかも忘れてしまったせいーーなのにアリアンヌは、胸がドキドキしていた。

記憶をなくしてから、食卓は会話のある毎日だ。

　フレッドは、新しく得た記憶から色々と話してくる。レパートリーは豊かで、聞き飽きないタイミングでアリアンヌに尋ねたりもする。

　元々饒舌《じょうぜつ》なのだろう。寡黙なイメージが強かったアリアンヌは、見ることがなかった普段の彼の社交ぶりが分かって感心した。

「テオドール、次の新聞を」

「はい」

　食後、アリンヌは紅茶を飲みながら彼をぼうっと眺めてしまった。

　こうしていると、普段の彼みたいだ。視線に気付いたのか、不意にフレッドがにこっと笑いかけてきた。

「どうした？　何か話したいことがあるのなら、付き合おう」

「い、いいえっ。なんでもありませんわっ」

　新聞をいったんたたみ直すのを見て、アリアンヌは慌てた。

　やはり普段の彼ではないのだ。妻だと聞かされたから、意識して気にかけているだけだろう。

（勘違いしてはいけない……のに）

　フレッドは、アリアンヌの焦りさえも楽しげに見つめている。

　甘い空気にたじたじになった。控えている若い使用人達もそわそわした。

「あー……旦那様。いつも通りの順番で新聞をお渡ししていますが、何か思い出されることはありましたか？」

テオドールが、咳払いしてフレッドに聞いた。

「いや？　文章を読むのは面白い」

「はぁ……そうですか」

効果は全くないのかと、テオドールも努力が空振りしたかのような顔をした。

そうやって食後の紅茶も、つつがなく終えた。

「外出してはいけないのか？」

予定されていた最後の新聞を手渡しながら、ふとフレッドがテオドールへ問う。

アリアンヌ達は、どきりとした。知り合いと出くわしたら、記憶喪失であることを察知されてしまう。

（やはり、屋敷に閉じこもりっきりは彼にとってきついのかも）

彼が、毎日のように出掛けていた人であることを思い出す。

するとフレッドが、たじろぐテオドールを見ながらアリアンヌの方を示した。

「ずっと屋敷内だと、彼女も息が詰まるだろう」

（え？　私……？）

アリアンヌは、彼の提案理由にまたびっくりした。

「……旦那様は、つまり奥様を連れて外出したい、と？」

テオドールが慎重に確認する。フレッドがむっとした顔になった。

「妻と出掛けることの何が悪いんだ？」

身体が覚えているので、以前のように外出したがっているのだろう。アリアンヌは、自分を落ち着けるためにそう思うことにした。

「えと、フレッド様は退屈なのですね。お気持ちは分かりますが、まだ記憶も戻っていませんから、外への散策はもう少し待ってからの方がいいかと」

その際には、一緒に連れ立とうとは思わなくなっているだろう。

「違う。妻である君と、出掛けたいんだ」

フレッドが語気を強めた。僅かな誤解でさえ許さないような言い方に、アリアンヌは戸惑ってしまう。

「夫婦ならデートも普通だろう」

「あの、いえ、ですから私達は、そのようなこともしていなくて」

「本当か？　ああ、そういえば身体さえも繋げていない清い仲だったな」

自分のことなのに、彼は両手を交えて「全く呆れた男だ」とぼやく。

そばでテオドールが「ごほっ」と咽せた。衝撃的な発言で、モリー達が大変反応に困ったように笑顔を固まらせる。

「デートのサービスもしないとは、信じられないな。君に呆れられても知らないぞ、その男は」

「『その男』とは、旦那様でございます」

テオドールが、頭がこんがらがった顔で指摘する。

「ああ僕だろうね、だからこそ余計に信じがたい」

「いえ、フレッド様、ですから元々そういう契約で――」

「だからと言って、君は何も主張しなかったのか？　それは『協力』というやつだろう。君だって、したいことがあればどんどん言っていいと僕は思う」

彼の言い分は正論にも感じる。

けれど『前の旦那様』のことを、『今の旦那様』が分析しているというのも、なんだか変な感じだ。

「え、と……私は屋敷の中で十分ですわ」

「僕は『十分』じゃない」

スパッと言い返されて、じわじわと落ち着かなさが増す。

「その、フレッド様は紳士ですから、記憶があった時のご自分を許せないと思っていらっしゃるのですよね？　私は平気ですわ」

はぐらかそうとしたが、フレッドは「違う」と強く否定してきた。

「僕は、君と二人で外出がしたいんだよ。お互い着飾って、町を歩いて、楽しんで甘いものでで休憩したりする。その間に、たっぷり話もする」

デートをしたい、と言われているみたいだ。

アリアンヌは顔が熱くなった。こんなの、まるで、仲を深めようとする新婚夫婦のようではないか。

（もしかして、少しは私に気持ちを向けてくださって……？）

しかし、ハッと考えを止めた。

彼には『恋人』がいるのだ。そんなことを考えるなんて、いけない。

アリアンヌは離縁しなければならないのだ。それなのに、少しでもフレッドと改善が見込めることを期待してしまうなんて――。

咄嗟に立ち上がり、無理やり彼との話を終わらせた。

「えと、フレッド様はもう少しごゆっくりされますよねっ？　わ、私、書斎に行く前までお暇を潰せそうな何かを探してきますね！」

目も合わせられず、スカートを持って走り出した。

「アリアンヌッ」

ショックが交じったような声が追い駆けてくる。

外出のことを、アリアンヌが肯定しなかったからだろう。彼女は胸が痛んで、気持ちを振り切るようにいよいよ走った。

ゆっくり町を歩いて、たくさん話すなんて素敵なことだ。

彼とそうしたいと、アリアンヌも望んでしまった。

(そんなこと、私がしてはいけないのに)

記憶喪失をいいことに、彼の恋人の代わりに隣にいていいはずがない。

申し訳なさで胸が苦しい。無我夢中でリビングルームから飛び出したアリアンヌは、壁側に立つ棚に肩が当たった。

「あっ」

よろけて転んでしまった。

「奥様!」

棚の上にあった木の箱が滑り落ちてくるのを見て、男性使用人が手に持っていた掃除道具を放り投げて走り出す。

ハッと見上げたアリアンヌも、一気に肝が冷えた。

どうしよう、動けない――。

「アリアンヌ!」

次の瞬間、フレッドが飛び込んできて、アリアンヌの華奢《きゃしゃ》な身体は彼に抱きすくめられていた。

咄嗟に庇《かば》われ、彼女は翡翠色の瞳を大きく見開く。

(──私を、助けて？)

だが一瞬後、落ちて来た木箱がフレッドの頭に衝突した。

彼が短く呻いた。だがアリアンヌの後頭部を片手で一層強く庇って抱き締め、自分の背の方を床に向けて転倒する。

「フレッド様！　大丈夫ですか⁉　ああ、どうしてこんな危険なことをっ」

彼を下敷きにしてしまったアリアンヌは、呻く彼を前に涙が出そうになった。遅れてテオドール達が駆け付ける。

「頭を見せてくださいっ、怪我は？　血が出ていたらどうしたら──」

「君に当たっていた方が大変だ！」

不意に怒鳴り返されて、涙が引っ込む。こんなに大きな厳しい声を上げられたのは、記憶を失って初めてだ。

「僕がクッションになって何よりだ。少し痛むが、僕は平気だ、気にするな」

フレッドが痛みに顔を顰《しか》めながら、頭に手をやって上体を起こす。

動けるようだ。アリアンヌはホッとした。

(ご自分のことより、私のことを思ったのね)

直後、彼の上に乗っている状態を恥ずかしく思った。しかし当たった時の音を思い返して、ふと心配になった。

「フレッド様、やはり確認させてくださいませ。血が出ていたら大変ですわ」

アリアンヌは彼の手をどかすと、急ぎ彼の頭を探った。

何か言おうとしたフレッドが、直後「うっ」と顔を顰める。

「ここが痛いのですか？」

「あ、ああ、少し。そ、その、大丈夫だから」

どうしてか彼は言い方がぎこちない。頭を打った時から少しおかしい気がして身を案じたが、直後アリアンヌは安堵の吐息をもらした。

「良かった、血も出ていないみたい」

たんこぶになってしまわないようさすっていると、テオドールがそばにしゃがんだ。

「奥様、あとは私が確認しましょう」

「ええ、お願い。ここの方よ」

そう言って確認するように目を戻したところで、アリアンヌは目をぱちぱちとした。

正面から改めて顔を見合わせた瞬間、フレッドがなぜか耳まで真っ赤になった。

「け、怪我はない。少し膨れたくらいだ。問題ない」

火照った頬を隠すみたいに拭いながら、彼がカタコトで言った。

記憶を失う前は見なかった表情だ。けれど記憶喪失の今の彼ならやりそうなので、赤面

よりも誰もが頭に目が向いた。

「まぁ、またしてもたんこぶが……」

アリアンヌは、テオドール達も思っただろうことを口にした。

殿方の上に乗っている状態はよろしくないので、ひとまずテオドールに手を借りて彼の上からどいた。モリー達が救急セットを持って駆け付ける。

（あとを任せて、いったん離れましょう)

だが背中を向けた直後、フレッドに手を摑まれた。

アリアンヌは引き留められたことに驚いた。彼も、同じく少し目を見開いて見つめ返してくる。

「……あ。もしかして心細いのですか?」

ふと思い至り、片手でスカートをならしてそばに膝をついた。

「は? いや、僕は別に――」

だが、フレッドが赤い顔を下に向けて視線をぎこちなく逃がす。

「助けてくださって本当にありがとうございました。フレッド様がそばにいて欲しいようでしたら、私もここにいさせていただきます。いかがなさいますか?」

尋ねると、フレッドがみるみるうちに首まで赤くなった。

(あら……? いつもと少し違う気が)

小さな違和感を覚えた時、彼がぼそりと告げる。

「……僕は、君にそばにいて欲しい」

「はい。分かりました」

テオドールの邪魔にならないよう、アリアンヌは彼を見守ることにした。


木箱による衝撃は軽かったようで、ほんの少し腫れた程度で済んだようだ。

「旦那様が石頭――いえ失礼。頑丈なのが幸いしましたね」

「他に大きな怪我がなくて、ほんとに良かったですわ」

念のため少しソファで横になってもらっているが、体調の悪化も見られない。

アリアンヌは、そばにしゃがんでフレッドを覗き込んだ。

「フレッド様、ご気分はいかがですか？」

「ぐっ、そ、その……っ」

彼の口から、妙な音が出た。ぐぎぎぎと何かと葛藤しているみたいだ。

「……き、君がそばについていてくれたから、平気だ」

相変わらずお世辞がうまい。

けれどアリアンヌは、彼が眉根を少し寄せそそくさと起き上がったのが気になった。

「もしかして、まだ痛みがありますか？　それなら、もう少し横になっていてくださいませ。昼食まで様子を見ましょう」

立ち上がった瞬間、彼がアリアンヌの腕を摑んで引き留めた。

「君が心配する必要はないから、安心して欲しい」

なんだかぎこちない硬さでそう言った。

「実は——そうっ、書類仕事を試してみたい。君も付き合ってくれるのだろう？」

「えっ。ですが、予定は午後からで」

「他にやることもないので、先にやってみたいと思っているんだ」

頭を強打したあとなので、予定をずらして今は休むことをフレッドに提案した。しかし彼がどうしてもしたいと言い張るので、書斎へ移動することになった。

書斎机には、簡単な書類が集められ準備されていた。

早速フレッドを腰かけさせ、作戦を実行してみた。

すると彼は、テオドールに一回説明されただけですらすらと手を動かし始めた。三十分ほど見守ったが、質問もなく書類にペンを走らせている。

「身体は覚えているものなのですね……」

「専門家ではございませんから、私も推測するばかりなのですが。旦那様は賢いお方でしたから、数字の見方さえ説明すれば、別の書類作業にもあたれそうな気がします」

記憶が戻るきっかけになることも期待できる。

ひとまずフレッドが書類仕事はできることが分かっただけでも、アリアンヌ達は胸を撫《な》で下《お》ろした。

「奥様、ずっとお立ちになられていては疲れてしまいますわ。休憩されますか？」

モリーに声を掛けられ、アリアンヌは悩む。

「フレッド様がお仕事をされているのに……」

「奥様、モリーの言う通りです。旦那様は私がみていますから、少し休まれてください」

テオドールがアリアンヌを近くの応接席のソファへ導く。モリー達が、早速紅茶の準備に取りかかった。

その時、フレッドが初めて書類から顔を上げた。

「近くないか？」

アリアンヌは、きょとんとして肩越しに振り返る。テオドールが真顔で身体を固まらせていた。

すぐに答えなかったことに遺憾を覚えたのか、フレッドが眉を寄せる。

「テオドール。若い男を新妻に近付けていいものだとは思えんがな」

「はぁ。旦那様、申し上げますと私は執事です、そして中年です」

「だが未婚だ」

「……まぁ、左様でございますね」

テオドールが、面倒臭くなった様子で相槌《あいづち》を打った。

記憶喪失だ。仕方ない。ひとまずフレッドの機嫌を考えて、アリアンヌはテオドールから節度を保った距離を取って応接席へと移動した。

モリー達が淹《い》れてくれた紅茶で、一息吐く。

（また、あの顔だわ……）

アリアンヌは口元から下ろしたティーカップの向こうに、フレッドが書類仕事にあたっている風景を見つめた。

記憶喪失の前の頃みたいだ。仕事にあたる彼の知的な美しい瞳は、どの男性にも感じたことがない胸のときめきをアリアンヌに覚えさせた。

書面を映す彼のサファイヤの瞳は、堅実さと見事に調和したような美しさがある。それに加え、余裕が生まれたことで一層魅力的に見えた。

（あの頃は、いつも時間や何かに追われている感じがしていたけれど）

今のフレッドは、記憶を思い出すための時間を過ごしながら、本来あるべき姿を取り戻しているような印象を受けた。

ぼうっとなって眺めていたら、ふっとフレッドに視線を返された。

「待たせてしまって、すまない」

「いえっ、大丈夫ですわ。入ることがなかった部屋でしたから、昨日と違って、ゆっくり本の背表紙を眺めているのも楽しいです」

フレッドが、顔を横にそらしながら口元を撫でるように覆う。

「そう、か。難しい本ばかりあるので、楽しいと言われるとは思っていなかったが……その、君が興味あるのなら……これからはいつだって入っていい」

それは、記憶が戻るまでの間だろう。

アリアンヌは少し苦笑する。でも、少し迷ったものの、それまで少し入れるといいなと思ってこう言った。

「それは嬉しいですわ。実を言うと、実用書も好きなんです」

「実用書？　指南書みたいなものだとすると、専門書も？」

「はい、どちらも読みます。母が亡くなったあと、内職仕事のやり方も本で学びました」

「君は――意外と、たくましいんだな」

フレッドがちらりと苦笑を浮かべた。

なぜかドッと心臓がはねた。以前までの彼と話しているように感じてしまって、アリアンヌは慌てて話を繋げる。

「そ、そうです。私、意外とたくましかったりします。弟達にも頼られていましたし、虫が出た時は『とりゃっ』と箒を振り回して外、に……」

気が急《せ》いて言葉遣いも変になってしまった。勢いのまま、ぶんっとスイングの形を取ったところで、静かになった室内に気付いた。

フレッドが目を丸くしている。

テオドール達も驚いたような顔だった。

「も、申し訳、ございません……」

アリアンヌは、かぁっと頬を染め座り直した。生粋の令嬢では、見慣れない光景だったことだろう。彼らは上位貴族の世界の者達なのだ。

「……もしかしてだが、君は猫を被っていたのか？」

記憶もないのに、変な尋ね方だ。

でも『ロードベッカー公爵』の前では態度に気を付けていたのは確かなので、アリアンヌは観念して苦笑いを返した。

「まだ思い出してもいないフレッド様に言うのもなんなのですが、ちゃんとした令嬢を演じなければと必死だったのです。……呆れてしまいましたか？」

アリアンヌは、少し心配になった。

だが、公爵としての記憶がない彼には大丈夫だったらしい。

「いや呆れるなんて。僕は、その、そうやって笑って話している君も……好ましく思う」

顔の下を手で隠したフレッドの頬が、少し赤く色付く。

つまり不合格ラインではなかったらしい。そちらにばかり気が向いていたから、アリアンヌはほっとした。

「そうですか。見苦しくないようで、良かったです」

「見苦しいだなんてとんでもない。君は、着飾ってうるさく喋っているだけの令嬢達と違って、美し――んんっ」

「はい？」

「……いや、なんでもない」

視線を逃がし、フレッドが書類に再びペンを走らせた。

その筆記音は、アリアンヌが紅茶を半分ほど飲んだところでようやく止まる。

「テオドール、次はどれをどうすればいいんだ？」

そういえばと思い出して、テオドールが次の書類の説明をした。

フレッドは手際が良かった。書類仕事は、テオドールが目標にしていた予定よりも随分早く進んだようで、彼も感心しきりだった。

「このペースであれば、領地の先月分の納税報告書もまとめられそうな気がいたしますね」

先月。それは、彼が記憶喪失になった月のものだ。

アリアンヌは思い出して、出そうになった溜息をこらえた。

結婚三ヵ月、新婚期間の終了日は明日だった。離縁の申告書類関係も準備できていないどころか、フレッドの記憶だって戻っていない。

「テオドール、休憩を挟んだらそれをする」

「かしこまりました」

そんなやりとりが聞こえたあと、アリアンヌはソファのクッションが上下に揺れてハッとした。

「また何か悩んでいる顔だ」

ソファの背に手をついて隣に座ったフレッドが、覗き込んでくる。

「あ、いえ、本来だったら明日……」

でも、覚えていない彼に言っても仕方がない。アリアンヌはそう思い出して、口を閉じた。

「奥様、お気になさらないでくださいませ。旦那様がこうですから、仕方ないことですわ」

モリーが優しく告げるそばから、別のメイドがフレッドの紅茶を置いた。彼が「ありがとう」と礼を告げると、若いメイドはまだ慣れないようで戸惑い、しかしはにかんで「はい、旦那様」と応えて下がった。

それを、フレッドが少し目で追い駆けた。

「……僕は、怖い主だったんだろうか」

「尊敬されてはいましたよ。いつだって領民のためを考えて動いておられました。ただ若い使用人達は、あなた様が以前までそうだったことを知らないので」

テオドールが口を挟む。

「とはいえ、今のあなた様にそれをお伝えしたところで、よく分からないとは思いますが。出過ぎた真似《まね》を申し訳ございません」

「いや、構わない。――君もさぞ呆れたことだろうな」

フレッドがアリアンヌを見て、皮肉げに口元を引き上げる。

「いいえ、以前はそうだったと知れて嬉しく思っています」

「嬉しい……？」

「はい。一昔前がそうだったのなら、また良く変わっていければいいのです」

以前テオドールが『いい機会』だと言っていたのは、〝何より難しい変わることのきっかけになればいい〟と思ってのことだろう。

微笑み返すと、フレッドがはぐらかすように急ぎ紅茶を口に含んだ。

「と、ところで、実用書の活用はどうだったんだ？」

実際に利はあったか、彼は現実的な観点から気になったのだろう。

「効果はかなりありました。使用人を多く雇うことも難しかったものですから、私達の家は時間制で雇っていて。午後のお菓子作りは私がしていました」

「君が？」

「はい。私には弟達が三人います。とくにクッキーを美味しそうに食べてくれて、それが嬉しくてほとんど毎日焼いていました」

今のフレッドは知らないだろうから、弟が三人いることも教えた。

すると彼が、言葉を選ぶみたいな顔で黙り込む。

「……僕も、食べてみたいな。君の弟達がそんなに夢中になるのだから、その、さぞかし美味しいのだろう」

「そんな上等なものではないですよ。母から教えてもらった家庭菓子です」

貴族が口にするようなものではない。

普段から注文で届けられるもの、この屋敷の厨房で焼かれる菓子とも、比べものにならなかった。

「いや、遠回しではだめだったな」

フレッドが意を決したようにティーカップを置き、アリアンヌの手を取った。

「フ、フレッド様?」

突然のことでアリアンヌは戸惑った。彼は、あの強い輝きが宿ったサファイヤの目で真っすぐ見つめてくる。

「そうではなくて、僕は君が作ったものを食べてみたいんだ」

「で、ですが、この前の綺麗なクッキーとは違って――」

「だめかな？　時間ならある。君のクッキーを僕に食べさせて欲しい。よければ、作るところから見てもいいか？」

フレッドが言い募る。普段の優雅な調子も崩れて早口だった。

(私の焼いたクッキーを、そんなに食べてみたいの……？)

随分積極的で、アリアンヌはドキドキしてしまった。興味を持たれたうえ、彼に必要とされていることがとても嬉しかった。

「……分かりました。フレッド様のために、久し振りに焼いてみますわ」

緊張気味に答えた。

だがみんなで移動を始めた際、エスコートするフレッドの足取りがいつもより急いているのに気付いた。

(喜んでくれているんだわ)

美味しいクッキーを焼かなくては、というやる気に変わった。


というわけで、急きょ畏れ多くも公爵家の厨房を借りることになった。

妻が夫のために菓子を焼くことは、貴族の間でもあることだ。けれどまさか、この契約結婚ですることになるなんて思っていなかった。

厨房へ移動したあと、フレッドは見ていていいかと言った通り、アリアンヌのそばで菓子を作っているのをじっと眺めていた。

感謝も込めて、使用人達みんなにも行き渡るようたくさんクッキーを焼いた。

せっせと作るアリアンヌを、コック達が手伝ってくれた。

フレッドが「少しの間は休憩だ」と許可して全使用人達も集まっていたので、厨房は多くの会話も飛び交って賑やかだった。

「ふふ、少し前のお屋敷を思い出します」

年長者のモリーも楽しそうだった。

「フレッド様は、日頃から皆さんに休憩を？」

「はい、あの頃はお屋敷に入居されたばかりで。急に『さ、みんな休憩だ』と命じるものですから、わたくし達もぽかんとしてしまって。その反応を見て旦那様は笑うのです」

笑う。あのフレッドが。

そんな感想を抱いていると、テオドールが口を挟んできた。

「それが、忙しい旦那様の少しの休憩みたいなものだったのです」

「とすると、皆さんと一緒の余暇みたいなものだったのね。素敵ですね」

アリアンヌは、にっこりと笑ってフレッドの方を見た。

噂になっている当人の彼は横を向いていて、その目元は少し赤く染まっていた。

「――気紛《きまぐ》れだ」

覚えてもいないくせに、恥ずかしいと言わんばかりに彼が唇を尖《とが》らせていたのが、アリアンヌ達はおかしかった。

クッキーが焼き上がり、何枚も皿に並べて盛り付けられた。

本来は使用人達が休むための食堂テーブルに全員が着いた。椅子が足りなくて、男性陣が笑いながらそのへんの台や木箱に座っていた。

「女性に席をゆずらないと、王国紳士としては恥ですよ」

「あらま、言うじゃないの」

「メイドは俺らに手厳しいんス」

好きに会話が飛び、ドッと笑いが起こる。フレッドもいる中でみんな仲良しなのが、またアリアンヌをとても喜ばせた。

早速、みんなでクッキーを食べることになった。

ティータイムで出されるものよりも大きく、指で押し広げた凸凹も付いたクッキーだ。

(実家の味は、彼にとってどうかしら？)

ドキドキしてしまって、アリアンヌはフレッドが唇へ運ぶのをじっと見守っていた。

一口かじった彼が、ゆるゆると目を見開く。

「優しい味だ。甘くて、美味しい――口の中で溶けていくみたいな触感も素晴らしい」

あまりにも褒めすぎに感じて、アリアンヌはくすぐったくなる。

「領地では一般的に親しまれているクッキーですので、私の家の特別の味、というわけでもなくて」

「いや、本当にとても美味しいよ。作った者の味が出るというが、君の優しい気持ちのこもった味がする」

そんなことを言われて、アリアンヌはいよいよ恥ずかしくなってしまった。

「ふ、普通のクッキーですのに」

耳まで熱くなりそうな気がして、急ぎクッキーをぱくっと口にした。その様子を、フレッドがサファイヤの目に熱を宿して見つめていた。

テオドール達が顔を見合わせ、二人の雰囲気を邪魔しないように声を潜める。

「今すぐ、君を抱き締めていいかな」

一枚目のクッキーを食べ終わったところで、突然そんなことを言われてアリアンヌは驚いた。咄嗟に顔を向けたら、こちらを熱く見据えているフレッドがいた。

「あ、あの、いきなりどうして」

「感謝の印に、抱き締めたいだけなんだ」

今や、この場にいる誰もが二人の主人を見守っていた。

「そ、れなら……」

緊張しつつ、アリアンヌは身体を彼の方へ向けた。

フレッドがいつもよりためらい気味に腕を回した。アリアンヌの背に徐々に触れていくように力を込め、最後に強くかき抱いた。

（あっ……なんだか、いつもと違うような）

ぎゅっと抱き締められた際、胸が高鳴った。

フレッドの鼓動は、いつもより速い。抱き締める腕は、胸に閉じ込めるほど強くて、情熱的なものが宿っているようにも感じてしまった。

「クッキーを、ありがとう」

耳元にしっとりとした声が降ってきて、フレッドが離れる。

それほどまでにクッキーを喜んでくれたのだろう。アリアンヌは、そう思うことにした。

◆◆◆

その日の夜も、主寝室で一緒に眠ることになった。

慣れないままベッドに二人並んで横になる。

だが、テオドール達が退出して薄暗い部屋に二人きりになったところで、アリアンヌはフレッドがそわそわしていることに気付いた。

「珍しいですね。どうかされましたか？」

彼は隙間を空けて、天蓋付きのベッドの天井や部屋に目を泳がせている。

「いや、その、別に……」

きっと無理をしているのだろう。記憶が戻っていないのに急に頑張っているのがおかしくて、アリアンヌはくすくす笑った。

「フレッド様。心細いのなら、いつも通りおそばにいていいんですよ」

「こ、心細い……!?」

「申し訳ございません、ご自身では口に出されないようにしていましたものね。私はぴったりくっ付いていても構いませんわ」

アリアンヌは、ふわりと微笑みかけた。

フレッドは挙動不審だった。素早く考えるみたいに顔をそらしたが、少し考え、緊張気味に視線を返してくる。

「……甘やかして、くれるのか？　記憶がないから？」

言い方はおかしいが、あたってはいる。

「何も覚えていない不安だってありますでしょうから、眠れなければ隣へどうぞ。必要なら、手を握ってもいいですわ」

アリアンヌは彼を迎えるべく、身体を横に向けた。

「あ、ああ」

もぞもぞとフレッドが遠慮がちに近付く。

寝具の中で、二人の足がコツンッと当たった。シーツに沈んでいたアリアンヌの手が、そっと彼に包まれる。

（いつも以上に、今日は不安なのかしら？）

昨日の就寝時とは、少し様子が違っているように思えた。

記憶がない状態が伸びているせいだろうか。そんなことを考え込んだ時、手を握る彼が軽く引き寄せた。

「心配そうな顔をするので、気になった。……僕は不安にさせているか？」

「いいえ、今日のフレッド様はとても頑張っていらっしゃいました。私だけでなく、テオドール達まで安心させてくれて」

「けれど君は今日、時々浮かない顔をしていた」

「これは……別件なのです。私が個人的に思っているだけですので」

アリアンヌは、翌朝の日付けを思って黙り込む。

「……それは先日話していた、契約がどうとかいう期日のことか？」

ぎこちなく彼が切り出してきた。

いちおう、説明の内容は覚えてくれていたらしい。今の彼に話してもしょうがないことだけれど、たまらずこぼした。

「はい。実は明日には、結婚して三ヵ月目なのです。本来は、出て行く予定の日でしたので……期日のお約束を守れなかったことが、苦しくて」

フレッドがぐいっと上体を押し進めてきた。これ以上進まない足を半ば重ねて、アリアンヌに寄り添う。

「君が思い悩む必要はない」

「でも、もしフレッド様が恋人様とお約束されていて、彼女が待っていたとしたらと思うと、申し訳なくて……」

「そんなこと、あるはずがないだろう」

強くなったフレッドの声に、ビクッとして身が竦んだ。

（そうだったわ、彼は信じていないから）

覚えていないので、彼は明日が契約結婚の期日だという実感もない。

寝る前にする話にしては、リラックスできない話題だっただろう。アリアンヌは彼の手を握り返して謝った。

「申し訳ございません、今のフレッド様には少々難しいお話だったかもしれませんわ」

「あっ、いや、僕の方こそ、急に大きな声を出してすまなかった」

怒鳴り声でもなかったのに、彼が謝ってきた。

その優しい一面にも、恋人のそばにいる際の彼を想像されてアリアンヌは苦しくなった。

「……彼女に、あなたをお返ししないといけませんのに」

　ひっそりと溜息がもれる。

「僕の妻は、君だろう。気を揉《も》むことなど何もない」

　彼の大きな手が、アリアンヌの背を包みそっと引き寄せた。

　何度か聞かされた言葉ではあった。けれど触れ方でさえ昨夜までと違っているように感じて、なんだかドキドキしてしまった。

（記憶がないから、妻だと教えられた私を気遣ってくださっているのね）

　その誠実さにも惹《ひ》かれるのを感じて、切なさを覚えた。

「いいえ。私は期間限定の、離縁予定の妻ですわ。……さて、お話なら他のものにいたしましょう。私も目が冴《さ》えていますから、しばらく付き合いますわ」

　笑いかけたら、フレッドが苦しそうに眉を寄せた。

　直後、素早く彼が顔を近付けた。すぐに離れていったけれど、キスをされたのが分かってアリアンヌは戸惑った。

「あ、の。どうして」

　問うべく見つめ返すと、またしても彼が唇を重ねた。

「んっ……ぅ」

　唇を舐められて、ぞくんっと背が震える。

甘く痺れて身体から力が抜けたのが分かったみたいに、フレッドが体重をかけないよう覆いかぶさってきた。

「はっ、ン、んんっ——フレッド様っ？　どうして」

ようやく口が自由になって、アリアンヌは少し上がった呼吸で尋ねた。

寝具の中で、彼は左右に手を付いて見下ろしてくる。

「前も、させてくれた」

フレッドは、アリアンヌをじっと見てそう言った。

「記憶をなくしているから、怒らないんだろう？」

「いえ、でも……あの時も私は、教育的指導のように言いはしましたけれど」

「叱り付けも、本気じゃなかった」

そういうと、荒々しく唇を重ね合わせた。唇を愛撫《あいぶ》するように何度か強く吸われたあと、すぐに舌が割って入ってきた。

びくんっとアリアンヌの身体がはねる。

フレッドが身体で優しく押さえつけ、戸惑う舌を攫《さら》った。

まるで欲望をぶつけるみたいに激しくて、口内を犯されているように感じた。

「舌をもっと出して、絡めて。……ンッ、そう、上手だ」

あの夜を思い出させるかのように、唾液の音を立てて舌を絡める彼に囁かれて、アリアンヌの胸が熱く震える。

なんでキスをされているのか分からない。

どうしてかアリアンヌも逆らえなかった。彼の言葉に従って舌をおずおずと差し出し、指を舐めていた時と同じように彼の肉厚の熱の動きを追う。

「んんっ、……ン……っふぁ、あっ、んぅ」

慣れてくると、フレッドのキスは情熱さを増した。

求めるみたいな熱い口付けに、身体の芯から熱が込み上げてくる。

「アリアンヌ」

唇を重ね直す彼に、熱く囁かれる。

(あ、だめ……)

その色っぽい低い声を聴くだけで、何かが足の間をしっとりと湿らせる気がする。

暗い寝室に聞こえるいやらしい二人のキスと息遣いに、淫らな気持ちが腹の底からじわじわと込み上げた。

快感にたまらず身をよじるアリアンヌと、それを押さえつけるフレッドの動きに合わせて、衣擦れの音も続く。

「君の唇は、やはりクッキーよりもとても甘い」

そんなことは有り得ない。そう言いたかったのに、再び唇を合わせてきて彼に舌の付け根を吸われる。

「んんぅっ」

びくびくっと身体がはねた。

キスで痺れた舌は、先程よりも敏感にアリアンヌに悩ましい刺激を与える。

「ンンッ」

フレッドの手が細い喉をさすり、鎖骨下へと滑る。形を辿《たど》るように華奢な肩を撫でる彼の手を、一層熱く感じた。

実際に彼の体温は上がっているのかもしれない。

そんなことを思った時、フレッドがキスを終えた。身を起こしてアリアンヌにまたがると、彼女の色付いた頬を撫で、唇、目元、そして潤んだ瞳もじっくりと見ていく。

「あっ……」

滑り降りた彼の指が、不意にナイトドレスの開いた襟元に当てられた。

なぜかそれだけで甘く痺れて、身体が反応した。フレッドはアリアンヌの反応を目に焼き付けながら、つうっと白い肌に指を滑らせる。

「んんっ、や、何?」

「——いや。清らかな身だったな、と思って」

アリアンヌはドキリとした。

こんな風に、異性に胸元を指で触れられたのも経験にない。かぁっと顔が赤らむと、フレッドが意味深に覗き込んできた。

「記憶がないのなら、キスだけでなく――君を抱いてもいいのか？」

アリアンヌは、とうとう耳まで真っ赤になった。

初心な彼女も、彼が言っていることがベッドで男女がする行為であるとは分かった。思えば記憶がなくなってから、彼は恋人に会いに行っていない。

（その反動で欲求を覚えて、キスと同じように『試したい』と思っている？）

さすがに、これ以上はだめだ。引き返せない。

「い、いけません。私達は入籍しただけの関係です」

彼の熱い眼差しを見ていると流されてしまいそうな予感がして、アリアンヌは慌てて顔の前に手をかざした。

「そ、それに私は、初めてを捧《ささ》げる覚悟なんて……いえっ、記憶がないからといって調子に乗りすぎると、教育的指導で拳骨《げんこつ》を落とす覚悟ですっ」

真っ赤になってしまった顔で、目を潤ませてどうにか睨み付けた。

彼が目元を赤くして、唾を飲み込んだ。

「――分かった。言ってみただけだ、すまない」

フレッドが視線をそらし、アリアンヌの上からどいて隣に横になった。

四章

翌日も、フレッドは引き続き書類仕事を進めることになっていた。

彼は積極的で、朝食後、少しゆっくりしたのちすぐ行動した。一度覚えたものを先に行うので、今は不要だとテオドールの付き添いも断った。

そばから離さなかった彼の『一人でする』という言葉には戸惑ったものの、アリアンヌは有難く思って、向かいにある図書室で休憩がてら待つことにした。

久し振りに一人になりたいからと、付き人を断った。

紅茶と本を用意され、人がいなくなったのち、手に顔を押し付けて細く息をもらした。

(……また、キスをしてしまったわ)

彼がキスをしたのは、記憶がないせいだ。

それなのに、欲情に染まった彼の艶っぽい表情を思い出すだけで、アリアンヌの胸は激しく高鳴った。

「あんな顔をするだなんて……」

またがった彼を見上げていた時、このまま流されてしまってもいいかもしれない、とアリアンヌは一瞬思いかけた。

それくらいに彼は美しく、熱を宿した瞳も情熱的だった。

（そもそもキスをしてしまうのも、いけない相手なのに……）

子作りさえ求められていない期間限定の婚姻だ。

それなのに唇を奪われたあと、アリアンヌは溺れるみたいに彼のキスを受け入れた。拒絶しなければならなかったのに、そうできなかった。

キスだけなら、と思ってしまった。もっと感じていたい、と……。

「……この気持ちは、なんなのかしら」

理性と矛盾している。

アリアンヌは苦しい胸を押さえた。彼には、この契約結婚を決めることになった最愛の女性がいる。キスだけなら、なんて思ってはいけないのに。

（そういえば、あれ以来テオドールも何も言ってきていないわ）

恋人捜しについては、フレッドに書類仕事をこなさせるのに頭がいっぱいで忘れてしまっているのかもしれない。

「……彼が書類にあたっている間に、私が本の間をチェックしようかしら」

見ていない本棚は、あと半分だ。

モリーか誰か、手の空いている者にも手伝ってもらおう。恋人と引き合わせれば、彼の記憶も戻って全て元通りになるはず——。

そう考えて立ち上がった時だった。

「奥様、大変です！」

先程別れたばかりのテオドールが飛び込んできた。

フレッドの優秀な右腕である彼が、こんなにも慌てるなんて初めてのことだ。

「何かあったの？」

アリアンヌも駆け寄って合流する。かなり切羽詰まっているのか、彼は足を止めるなり急ぎ一通の手紙の便箋を見せてきた。

「実は——」

アリアンヌは、テオドールから知らされた内容に目を剝《む》いた。

それは領地の一つから届いた要請で、ロードベッカー公爵に急ぎ相談したいことがあるという内容だった。

【今期の視察について、一番目にうちに来ていただけないだろうか】

そういうことが手紙には書かれてあった。

テオドールの話によれば、ここはフレッドが見るようになってから、農産でトップクラスの利益を上げ続けているところであるらしい。延期は難しいとのことだ。

「何が起こっているのか確認しないといけません。放っておくほどにまずいかと」

「ど、どうしましょう」

届いた領地視察の手紙に、アリアンヌはふらりとした。

◆◆◆

その少し前、フレッドは一人考える時間が欲しくて書斎に来ていた。

もちろん、滞っている書類仕事を進めるためでもある。

だが、一人で考えたいことは、契約結婚をして自分の〝妻〟になったアリアンヌのことだ。

「まさかこの僕が〝記憶喪失〟になるとは」

苦悩の呟きをもらした。

昨日、フレッドは頭を打って全てを思い出した。アリアンヌに『君に当たっていた方が大変だ！』と叫び返した時、彼は記憶が戻った状態で告げていた。

それなのに、咄嗟に記憶喪失の振りを続行することにした。そして昨夜、あろうことかまたしても彼女にキスをしてしまったのだ。

込み上げる情欲を抑えられなかった。

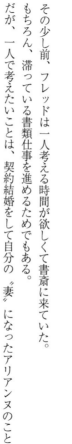

あの時、フレッドはただただ彼女の唇を貪った。

それ以上進めてしまうことはどうにか踏《ふ》み止《とど》まったが、記憶が蘇ってからその時以上の熱が明確にあって彼を悩ませていた。

記憶が全て戻ったが、今日に契約期限を迎えてしまった。

今のアリアンヌとの関係を崩したくなくて、フレッドはもっと彼女と交流していたい気持ちから、まだ記憶が戻っていない風を装っている。

「……ずるいな」

こんな形で、契約結婚を延長してしまったことに申し訳なさが込み上げる。

しかし、気付いてしまったのだ。

——愛おしい、と。

記憶がなかった時、フレッドの口から出た『美しい』という言葉は、元々からあった彼の本音だった。

初めてアリアンヌを目にした時、それが第一印象だった。

当初、契約結婚する相手の顔なんてフレッドは気にしていなかった。身上書と調査書は、容姿以外のものだ。

しかし、会いに行って驚いた。

質素な暮らしぶりが分かる小規模な屋敷にいたのは、控えめなドレスでさえ存在感を隠し切れない、美しい一輪の花だったのだ。

それが、十八歳のアリアンヌ・モニックだった。

一瞬、事前に用意していた台詞が全部頭から飛んだ。

フレッドにとって、それほどまでに予想外のことだった。

（十八歳になっても誰にも求められず、誰に聞いても知らないと言うから、てっきり……）

そんなに目立たない令嬢なのだろうと思っていた。アリアンヌは、滅多《めった》に社交場へも来ないのだという。

だが、婚約の際に実の父から理由を聞いて納得だった。

彼女は家と領地と、三人の弟達のために家庭を支えなければならなかったのだ。

『お初にお目にかかります、アリアンヌ・モニックと申します』

所作は洗練されて美しかった。その声に感情が宿ったら、どんな男でも魅了されてしまうだろうとフレッドは思った。

けれど彼女自身は自覚がないようだ。

彼が慣れないながら遠回しで褒めたら、きょとんとしていた。

（――誰にも穢《けが》されていない、純白で美しい大輪の花だ）

こんなにも心清らかで、家族への思い遣りと貢献心に溢れた女性は、フレッドも初めてだった。存在を知れば、どの男も彼女を欲しがるだろう。

結婚式の時のウエディングドレス姿は、フレッドの目を、これまで見たどんな女性よりも釘付《くぎづ》けにした。

とても、美しい花嫁だった。

彩度の高い翡翠色の瞳、日差しで鮮やかな赤金に輝く赤栗色の見事な髪。会場に来ていた誰もが彼女に夢中だった。

本人には全く自覚がないものだから、そばで見ていていよいよ庇護《ひご》欲をかき立てる。素直で、健気《けなげ》で、美しいアリアンヌ。

そんな彼女に、フレッドは期間限定のお飾りの妻というひどい話を持ちかけた。

だから、こんな自分が『美しい』なんて口にする権利はないと思った。罪滅ぼしのつもりで祝い金も弾み、結婚までの間に、彼女の家と領地の助けに少しでもなればと思って奔走もした。

けれど、足りないと思った。

彼女の人生に『一回結婚をした』という〝傷〟をつけたのだ。

できるだけ負担をかけまいと、夫人仕事だって免除もした。金も好きなだけ使っていいと言ったのに、彼女は新しいドレスも、宝石も、高級紅茶の取り寄せさえ自分からはしなかった。

だからフレッドは、彼女が気に入るものを探しては似合いそうなドレスや宝石を追加で注文した。宮殿でも人気の紅茶を取り寄せ、彼女のティータイムに出すようにと銘柄を一から揃《そろ》え直《なお》しもした。

（彼女は、実家で尽くしていたように屋敷も明るくしてくれた）

彼女が選んだ花瓶、テーブルクロス。秋の季節に少し彩りを加えるカーテンのアレンジなど、彼女の細やかな気遣いに心を癒《いや》されるのを感じていた。

些《さ》細《さい》な変化に気付けたのも、彼女の行動を細かく見てしまっていたせいだ。彼は常にアリアンヌを意識していた。

――自分は、彼女にとって嫌な男だろう。

だから、顔もあまり合わせないよう努めた。申し訳ない、とにかく三ヵ月だけは我慢していてくれ……と。

でも、記憶を失っている間に、自分が彼女に惹かれていたことも覚えている。

自分の事情さえ忘れていた彼は、惹かれるがままアリアンヌを独占して『美しい』と口にもしたのだ。それは出会った時から変わらない――本心だった。

昨日、記憶喪失の演技を続けることを決めた。甘やかしてくれるアリアンヌが、フレッドの希望でクッキーを焼いてくれたことも嬉しかった。

自分の家として屋敷が完成した頃と同じように、テオドール達が笑い、そしてその中に加わっている彼女の姿を見ていたら胸がいっぱいになってしまった。

彼女が愛おしくてたまらず、ついフレッドは抱き締めてしまったのだ。

「……彼女を、自由にする約束だったのに」

個人的な事情を忘れていたせいで、あっという間に彼女に惹かれていった。そして記憶が全て戻った今――フレッドはより彼女に想い焦がれている。

恋人がいるだなんて嘘だった。

彼は、どうしても結婚しなければならなかったのだ。

予定通り無事に爵位をもらったが、あの忌々しい父なら世間体も構わず撤回だってする。だから急いだ。それは、何よりも領民のため――。

その時、驚く彼女の声が聞こえた。

フレッドは、ハッとして立ち上がった。バタバタと足音もする。

「何かあったのか……?」

居ても立ってもいられず、彼は書斎を出た。

◆◆◆

「バリアンの町は、旦那様が家業を本格的に手伝うことになった土地で、とくに大切にされている場所でもありますわ」

古株のモリーの意見に、アリアンヌは緊張気味に頷く。

「そう、よね。何か起こっているのか急ぎ確認する必要があるわよね……相談事とすると、可能性としては何があるかしら？」

「利益の件か、納税か。数字に関わることでしょう」

テオドールは経験から断言した。

フレッドは以前から、『何かあればいつでも相談を』と請け負っていたらしい。仕事熱心というより、彼は領民にとって心強いお方だったようだ。

その勤勉な姿勢を好ましく思ったアリアンヌは、いよいよ手紙を前に青ざめる。

「フレッド様は、今、記憶がないわ……」

そんな彼に、領地視察なんてできるはずがない。

だが、彼の記憶が戻るまでに、彼が重要視しているバリアンに大きな問題が起こったら大変だ。

「私だけで見に行って……でも経営のことであればお役に立てないわ、どうしたら」

「奥様、落ち着いてください」

今にも倒れそうなアリアンヌに、テオドールが言う。

「事前に説明すれば、今の旦那様でも試算は可能かと思われます。ですから、いったんバリアンの皆様にはもう少し視察をお待ちいただいて――」

「どうした」

その時、フレッドの声がして使用人達が息を止めた。

騒がしいことを聞き付けて、向かいの書斎から出てきたらしい。彼は使用人がほとんど集合している状況を見回す。

「アリアンヌの顔色も悪いようだが、いったい何があった？」

「そ、それが――」

鋭い目を向けられたテオドールが、以前のような圧でも受けたみたいに手紙のことを報告した。

アリアンヌは、モリー達と緊張して見守る。

説明を受けながら、フレッドは手紙に目を通していた。

「――そうか、では行ってくる」

「えっ」

「要望の通り、『もっとも早い日付』で問題ない旨の返事を出しておけ」

顔を上げるなりそう言った彼に、アリアンヌ達は驚いた。

「フレッド様が行かれるのですか？　しかし、今のあなた様は」

「なんらかの助けが欲しいと、急ぎ手紙を送ってきたわけだろう――まぁ、行ってみたらなんとかなるかもしれない」

「なんとかなるって……」

取って付けたような言葉に、アリアンヌは一層心配になる。テオドールもさすがにと思ったのか、止めた。

「旦那様、彼らがご希望されているタイミングだと、屋敷内のメンテナンス業者の訪問と重なっていて私は同行できません」

「いい、一人で行ってくる。御者を一人付けてくれれば、それで構わない」

以前と同じく一人だなんて、無茶《むちゃ》だ。誰もが青い顔をしていた。

(でも……それがフレッド様の本心なんだわ)

記憶がなくなっても、助けて欲しいという声にすぐにでも応えたいとしている。

アリアンヌは、慈善に突き動かされる彼を助けたいと思った。

「分かりました。それでは、私も一緒に視察へ行きます」

提案を聞いたテオドール達と同じく、フレッドも目を瞠った。

「……君が同行を？　しかし、かなり長い間馬車に揺られることに――」

「構いません。妻であれば、どこへでも同行できますでしょう？　フレッド様も記憶がなくて心細いでしょうから」

アリアンヌは覚悟を決め、彼の手をぎゅっと握った。

「外出先では、私がフレッド様を支えますわ」

公爵夫人として視察に同行する。緊張しかないが、本来の良心から行動しようとしているフレッドを手助けしたかった。

見つめているフレッドの目元が、少し赤くなった。

「そ、そうか。確かに、僕も分からないことだらけなので不安がある。ついてきてくれると助かる」

彼が咳払いを挟みつつ打ち明けた。

頼りにされたこともアリアンヌは嬉しくて、力が湧き上がる気がした。見守っていたテオドールが、溜息交じりに言う。

「承知いたしました。それでは記憶のない旦那様と、それから初めての奥様に私の方で事前に色々とお教えしましょう」

手紙が返送され、バリアンという町のことなどを頭に叩《たた》き込《こ》む日々が始まった。フレッドは、テオドールと資料の読み返しなどを行う。

そして、その数日後、アリアンヌはフレッドと領地視察へ出発した。

◆◆◆

視察先は、屋敷から馬車で半日の距離にあるロードベッカー公爵の所有地の一つ、農村地バリアンだ。

見渡す限りの広大な土地は、土壌にも恵まれ豊穣《ほうじょう》であることでも知られている。

だがこのバリアンを有名にさせたのは、アールランテ地区一と言われている生産量を誇る農職人団の存在だ。

それは十代だった頃に、フレッドが後継者問題や人手不足解消、協力制度を考えて作った組織だった。現在、バリアンの食物用の畑のうち七割をみている。

面会要望を出してきたのは、その農職人団だった。

三階建ての本部を訪ねると、組織のトップ、ヴァンズハンズが二人を歓迎した。

「こちらの数字を見ていただきたいのです。実は……風邪が流行《はや》りまして、作業員の数が足りないのです」

アリアンヌとフレッドを最上階の別室へと案内したヴァンズハンズが、早速資料を手渡し、恐々と言葉を切り出した。

「なるほど、それで今月の推定目標数値もこうなのか」

素早く資料に目を通したフレッドが、納得だと言わんばかりに頷く。

ヴァンズハンズは、その声を聞いただけで大変縮こまった。

「た、大変申し訳ございませんっ。中間お納めであるとは存じ上げているのですが、みな、予定されていた十分な収入を得られていない状況でして。休んでいる者は、より苦しい状況でしょう、ですから納期の方は――」

「そんなことは気にするな。納期は延長にする。すぐに臨時減税策も導入しよう」

フレッドが資料を置き、断言した。

迷うこともない彼の判断にアリアンヌは驚いた。ヴァンズハンズも、目をこぼれ落ちんばかりに見開いている。

「土地の流行り風邪だとすると、他の農家にも同じようなことが起こっている可能性もある。それは見て回り、確認を取るとして――まずは君のところだ」

フレッドは、謝罪のためテーブルについたヴァンズハンズの手を離させ、労わるように握った。

「今すぐ僕の方で指示を出して動こう。協力してくれるか?」

「も、もちろんですとも! しかしよろしいのですか? そんな大きなご決断をすぐにされてしまって……それに、突然のご相談であるのに」

「そういう時は、すぐに相談してくれていいんだ。君達は、これまでもずっといい仕事をしてくれている。僕は信用している」

ヴァンズハンズが、感涙をぐっとこらえた顔をした。

「すぐに手当を出そう。大人と子供に関係なく一律で現金支給。それから、薬と飲料類も箱に詰めて一軒ずつ配っていきなさい。もちろん、残って頑張っている者達にも特別手当を。僕も声かけに回ろう。ヴァンズハンズ、今すぐ現金支給の手配へ向けて作業を進めさせてくれ」

「はいっ、かしこまりましたっ」

ヴァンズハンズが立ち上がる。テキパキとした仕事ぶりに、アリアンヌはフォローをする予定だった口をぽかんと開けてしまっていた。

「すまない、少し待っていてくれ。場所なら彼が案内するだろう」

「は、はい。分かりました……」

素早く声を掛けて、フレッドがヴァンズハンズと出て行った。

内部が一気に慌ただしくなるのを感じた。それから間もなく、ヴァンズハンズが戻ってきてアリアンヌは驚く。

「もう大丈夫なのですか?」

「つつがなく進みました。何も心配はございません。あの方がいらっしゃれば良い方向以外にはいかないので、みんな意気揚々と頑張ってくれていますよ」

さあどうぞと呼ばれて、アリアンヌは部屋を出る。

「あのお方は、とても領民思いなのです。十代の頃からここで暮らす我々のことを、一番に考えて頑張っておられました。自分に統治権限があればもっとスピードが出せるのに申し訳ないと、我々に頭を下げたこともありました」

「フレッド様が……」

「はい。あのお方は誠心誠意あたってくださっています。感謝が尽きません。彼が領主様となられて、本当に良かった」

それが当時からのフレッドの目標だった。そう語ったヴァンズハンズが、廊下を歩きながら感極まったように目尻に浮かんだ涙を拭った。

アリアンヌは、とても感謝されているフレッドを思って胸が熱くなった。

(フレッド様は、領民のために尽くしていたからとても忙しくしていたのだわ)

領民を思えば爵位を継ぐ必要もあった。

もしかしたら公爵でいるためには、結婚して身を固めなければならなかった——のもしれない。

(私の契約結婚が役に立てたのだとしたら……、良かった)

自分は魅力もなく残りものの令嬢だった。けれど、彼の役に少しでも立てたことを思えば胸に喜びが溢れる。

それは、特別な気持ちがあったためだった。

どうして自分がフレッドを支えたいと感じたのか、アリアンヌは正しく理解した。

(ああ、好き。あなたが——好き)

口付けを受けた時の、だめであるのに、もうしばらくこうしていたい、と矛盾する思いもようやく腑《ふ》に落ちた。

出会った時には、フレッドのサファイヤの瞳に捉われていたのだ。

彼を知りたいと思ったあの気持ちこそが、アリアンヌが初めて異性に抱いた憧れと恋心の芽生えだった。

（だから、私……記憶が戻って欲しいんだわ）

話せるようになって彼を知り始め、もっと好きになってしまった。

初めて異性に心を奪われたことを自覚し、切なく胸が締め付けられる。

妻のままでいたいなんて、望んではいけない相手。

でも、こうして話せなくなってしまっても構わないと思った。領民には彼が必要だ。そしてアリアンヌは、最後に本当の彼と会いたいと思った。

ヴァンズハンズと共に一階へと降りると、そこにはフレッドと集められた者達がいた。

「君達には苦労を掛けるが、今日のことは頼んだぞ。今日中に休んでいる全従業員に届けられそうか？」

「はい。領主様が現場を休みにしても良いとおっしゃってくださったので、各作業場の者達も全員回れるそうです。彼らも、とてもやる気です」

「そうか。よろしい。僕は他の個人農園などにも問題がないか回ってくる」

フレッドが頼もしく頷き、到着したヴァンズハンズを見た。

「ヴァンズハンズ、ここは任せたぞ」

「お任せください。どうか周りの者達のことも、よろしくお願いいたします」

ヴァンズハンズが、従業員一同と揃ってフレッドに深々と頭を下げた。

アリアンヌは、内部の士気まで一気に上がったのを感じた。作業服の男達も、フレッドへ遠くから感謝の気持ちを示して頭を下げてくる。中には「良かったなエヴィ……！」と、休んでいる同僚を思って泣いている者もいた。

（なんて、優しい）

記憶がなくとも、彼は彼なのだ。周りにいる人達の反応を見れば、誰もがいつものフレッドだと信じて疑っていないのも分かる。

「待たせてすまなかった」

「いえ、私は大丈夫ですわ」

駆け寄って来たフレッドが、申し訳なさそうに書類の束を見せてきた。

「これから一覧の農家全てを周ることになる。君にあまり苦労はかけないつもりだが、しばらく移動が続く――大丈夫か？」

わざわざうかがってくるなんて律儀な人だ。

恋心を自覚したせいだろうか。アリアンヌはその問い掛けも、こうして向かい合っていることすらも一層特別なものに思えた。

「はい。どこへでも付いていきますわ」

　フレッドの目元が微笑んだ。

「ありがとう」

　エスコートするために手を伸ばしてきた。見つめてくる眼差しに一瞬、特別な熱が灯っているように感じてドキッとした。

（まるで、私だけを見てくださっているよう――）

　胸がとくとくと温かな鼓動を打つのを感じながら、アリアンヌは彼の手を取った。

　優しく握り込んでくれる指の力は、ほど良い。

（――いいえ、彼には愛する人が別にいるのよ）

　切なさが蘇り、胸が締め付けられた。彼が慣れているのは、普段別の女性にしていることだからだ。

　記憶を失ってからずっとしているように、フレッドがエスコートして建物を出る。

　馬車に乗り込む際にも、彼は彼女の手を甲斐甲斐しく引いて乗車を手伝った。

（これもまた、お仕事と一緒で『身体が覚えていること』なんだわ）

　そう思っている間にも、馬車は走り出した。

　向かい側で資料を読み込んでいる彼は、足を組んでリラックスした様子で目を通していく。

その姿も、愛した女性が普段見ている光景だったのかもしれない。

そう推測されて胸は痛むのに、アリアンヌはフレッドにますます惹かれるのを感じた。

◆◆◆

そのあと、一軒ずつ農家を回って話を聞いた。

フレッドは、従事している村民も一件ずつ訪ねた。場所によって、アリアンヌは馬車で彼を待った。

ずっと移動が続き、全て終えた時には夕刻になっていた。

夜に馬車を出すのは危険なので、前もって予約していた宿へと向かった。

宿は、風雨に耐えられる頑丈な造りをしていた。来客シーズンを過ぎており、今夜は誰もいないとのことで最上階の一室に通された。

「すみません領主様、うちは貴族向けではなくてここが一番大きい部屋なんです」

「構わない。いつもありがとう」

案内した従業員は、礼を告げたフレッドに「いえ、とんでもないです」とはにかみ、退出していった。

ベッドは二つある部屋だ。

アリアンヌは、入ってすぐ目に留まったその大型家具にホッとした。

（でも……なんだか寂しい気もするわ）

今朝まで、彼と並んで寝ていたせいだろうか。

彼が記憶喪失になる前は、一人で寝るのが当たり前だった。それなのに今のアリアンヌは、一人で眠ることに心細さを感じている。

「旅の経験がない君には不慣れだろう。できるだけいい部屋を選んだつもりだが」

フレッドに横から覗き込まれてハッとした。

彼は少し心配そうな顔だった。貴族の令嬢であるアリアンヌが、戸惑って足を止めてしまったと勘違いしたのだろう。

「い、いえっ、大丈夫ですわ」

アリアンヌの実家は、質素な暮らしをしていた。ここは浴室や着替える別室も備わっているし、設備としては申し分ないほど立派だ。

何よりフレッドが、アリアンヌのことを考えてこの宿を予約してくれた、という事実が嬉しい。

つい口元が緩んでしまいそうになって、彼女は誤魔化《ごまか》すように持っていた小さな荷物をベッドへと運ぶ。

「先に湯は張ってもらっている。君も今日は、歩き回って足がくたくただろう。先に汗を流して来るといい」

「えっ。いえ、しかしフレッド様の方が」

「僕のことは気にしなくていい。ご覧の通り、もう少しやらなければならないこともある」

机に書類や筆記道具などを置いていたフレッドが、柔らかな苦笑を浮かべて、書類の一つをひらひらと振って見せる。

「そういうわけだから、気にせずに行っておいで」

その声は、昨日にもましてぐっと優しく感じた。

記憶喪失だから、アリアンヌに優しいのだ。それが普段恋人といる時の彼の姿なのだろうかと想像されて、胸がきゅぅっとする。

（ああ、もっと好きになってしまいそう）

そんなことはだめだ。アリアンヌは彼の配慮にときめきを覚えた想いを抑え込み、礼を告げて彼から視線を外した。

必要なものを持って浴室に入った。

脱ぎ始めてすぐ、扉のすぐそこまで慌てて駆け寄る足音がした。

「コルセットは一人で外せるか？」

扉越しの彼の声が聞こえて、びっくりした。

「は、外せます！　そんな箱入り娘ではありませんっ」

「ああ、そうか、すまない。君は自分のこともできる令嬢だったな」

苦笑するような吐息が聞こえ、足音が遠ざかる。

（びっ……くりした）

使用人も連れてきていない視察だった。しかし善意とはいえ、彼に脱ぐのを少し手伝ってもらうことを想像しただけで頭が沸騰しそうになった。

お湯は少し熱めに設定されていて、秋の夜にはちょうど良かった。

全身を浸《つ》けると一気に温まって、身体の疲れが癒されるのを感じた。けれどいつもより早めに上がり、素早くナイトドレスも着て浴室を出る。

「フレッド様。お疲れ様です、次どうぞ」

「ああ、すぐに行こう」

机仕事が終わったのか、フレッドが湯浴みへと向かった。

アリアンヌは、彼がいた机と同じ壁側の小さな化粧台の前で、肌のケアをした。続いて髪の手入れに入る。

彼が湯浴みしている音を聞いていると、落ち着かない。

心を鎮めるため、念入りに髪をケアした。今でこそモリー達に任せているが、実家にいた頃は自分で時間をかけて行っていた。

（今日は一人で寝るから、香りもいつも通りつけてしまいましょうっ）

フレッドと寝る時は、配慮して控えていた。

今夜は寂しさを紛らわせるためにも、慣れた香りをつけていた方がいい。

「いい香りだ」

仕上げに髪を指で梳き始めてすぐ、突然声が聞こえた。

驚いて振り返ると、いつの間にかフレッドがすぐそこに立っていた。上ボタンを数個開けた楽な服装で、アリアンヌをじっと見つめている。

「あっ、あの、その、母から教えてもらった香水入りの化粧水を……え、と、いつからそちらに？」

「心配しなくてもいい、来たのはつい先程だ。君がとても集中しているようだったので、物珍しくもあって眺めてしまっていた」

彼は男性なので、確かに見慣れないケアだったかもしれない。

そう思っていると、フレッドが机の前にある椅子を引き寄せた。化粧台前に座るアリアンヌのそばに腰かける。

「僕のことは気にせず、続きをどうぞ」

「えっ、あ、す、すぐに終わらせますので」

優しい声に動揺して、言葉がつっかえた。途中で終わらせられず、長い赤栗色の髪から水分を早く飛ばすように手櫛《てぐし》を続ける。

「母上からの教えだと言っていたね。クッキーのことも伝授したという君の母上は、美しく聡明《そうめい》な人だったのだろうな」

「え、ええ、母は私と違って美しくて、女性としても憧れる人でした。父もよく自慢していました」

赤味《あかみ》の強い髪、エメラルドの瞳。思い出の母は美しい。

幼い頃、アリアンヌは母に憧れて心身を磨くようになった。いつも見ていたから、手の動きも似ていて母みたいだと弟達は言っていた。

「君も、美しく聡明な女性だ」

アリアンヌは、どきりとした。

記憶喪失になってから、彼はお世辞がうまい。結婚式でさえ『美しい』の一言も言わなかった人に、彼女は照れ半分、苦笑半分で応えた。

「残念ながら、そんなことはなくて」

「その香りをまとっていたら、言葉がなくともどんな男も振り返る」

なんだか空気が変わってしまいそうな気がした。アリアンヌは咄嗟に立ち上がり、彼の顔も見ずに笑い飛ばす。

「大袈裟《おおげさ》です」

何か話題をと考えて、窓のカーテンを両手で左右に開いてみる。

「夜になると、外は真っ暗なんですね」

暗闇の中、遠くにぽつぽつと灯《あか》りが見えるだけだった。まるで闇に包み込まれているようだ。

「夜は、何も見えないよ」

後ろから手が伸びて、フレッドがカーテンを閉じ直した。

左右を彼の腕に挟まれて、アリアンヌは吐息の近さに心臓がばくばくした。

「そ、そうですね。……えと、就寝にはまだ早いので椅子に座ってお話でもしますか？　ベッドは離れていますし、別々で眠ることになりますので」

カーテンを握った彼が、頭を屈《かが》めてこちらを見下ろしてきた。

「別々で寝たくない、と言ったら？」

気のせいでなければ、フレッドの目は先日キスをした時のような熱があった。

「あ、あの、ベッドは二つあって、どちらも一人用ですから」

「僕が記憶喪失だから、君は甘やかしてくれるんだろう？　寝ようと思えば、二人でも横になれる」

カーテンから手を滑らせ、フレッドがアリアンヌの赤栗色の髪をすくい取る。鼻先に引き寄せ、息を吸い込んだ。

「いい香りだ。こんな風に待たれたら、確かに抗《あらが》えない」

アリアンヌは、目の前で髪に触れられて頬を染めた。

「も、申し訳ございません。香りがきつかったでしょうか、一人で眠る予定でつけたのですが……」

見ていられなくて、フレッドの男らしい鎖骨に視線を逃がした。

「いや、君に相応しい実に美しい香りだ。今度調合師を呼んで、床入り用に特別な一つを作ってもいい」

嫁いだ女性が、共に就寝する夫を意識してつける香水だ。

それは夜伽《よとぎ》のための礼儀の必要品の一つとされ、夫が、迎え入れた妻のため就寝用にと調合させるというのは聞いた。

「ち、違うんです、これは普段からのケアでしたので」

彼には、先程のことがどのように映っていたのかようやく気付く。

先程フレッドが『二人で横になれる』と言った時の目を見て、二人で並んで横になるだけでは終わらないだろうことを予感していた。

妻から夫へ、今夜は営みをしたいという合図ではなかった。

恥ずかしさのあまりアリアンヌは顔を伏せた。けれどフレッドは、ますます拘束を強めて見つめてくる。

「母から教えられたこと、だろう？」

「そ、そうです」

「けれど床入り支度のように丹念に髪を手入れしているのを見て、僕の胸にどれだけ突き刺さったのか、君は知らないだろう」

それは、彼に記憶がないせいだ。

彼には愛する人がいる。逃げなければと思ったが、身構えた時には遅かった。

「あっ」

腰に回った手が、強引にも思える仕草でアリアンヌを引き寄せた。身体の前がフレッドとぴたりと重なった。

「あんな姿を見せられたら、僕のために手入れしてくれていると思ってしまう」

それはどういう意味なのか。

そう尋ねるだけの時間はなかった。フレッドが後頭部に手を回し、次の瞬間にはアリアンヌの唇を奪っていた。

彼の舌が唇をくすぐるだけで、あの時と同じく身体がかっと熱を帯びる。

「ふっ……ん、ぅ」

背筋が震えてフレッドの身体にしがみつく。

力が少し抜けた途端、彼が強引に唇を割り開かせて舌を押し入れてきた。

「んんっ……ん……っ」

教え込まれた情熱的なキスは、貪るような激しさでアリアンヌに快感を与えた。口付けし合う熱量は上がり、二人の呼吸さえも淫らな音に変わっていく。

「は、ぁっ、フレッド様」

このまま、流されてしまいたい。

好きな人に求められている悦《よろこ》びをハッキリと覚え、アリアンヌは小さく震えた。

「──アリアンヌ」

離れたばかりの唇を、たまらない様子ですぐフレッドに重ね直された。

キスをしながら、彼のベッドに押し倒される。少しも余裕はないと言わんばかりにフレッドがアリアンヌの足までベッドに上げ、のしかかった。

「あっ、んんっ」

キスが深まり、ナイトドレスの上に彼の大きな手が這った。

締め付けるものがない胸の膨らみや、コルセットもない腹部や脇腹をまさぐられる。彼が興奮しているのが分かった。

「い、いけませんわ」

彼の手が再び上がってくるのを感じ、アリアンヌは咄嗟に唇を離した。

「なぜ？　君は、僕の妻だ」

「でも、私達は契約で、んぅっ」

噛《か》みつくようにキスをされて言葉を遮られた。豊かな膨みの片方を手で握られ、乳房の形を変えられる。

薄い布の上から胸を揉まれ、次第に妙な気分になってくる。彼の手は、アリアンヌの大きな胸を確かめるように上下に揉《も》み込《こ》んだ。

「あっ、ん」

唇を離されると同時に、彼の指先が胸の先端部分をこすって身体が揺れた。

「感じているんだな」

「フレッド様……どうして、こんな」

彼の大きな手の中で、自分の胸がいやらしく形を変えてしまっている。それを見せつけられ、アリアンヌは震えた。

目の前で乳房を愛撫する男の行為は、彼女には刺激が強すぎた。

「僕も、大勢の男のうちの一人だ。……君の美しさと魅力にあてられて、酔った」

言いながら、フレッドが肩口に顔を埋めてきた。肌を舐められ、彼に押さえつけられている身体がびくんっとはねた。

「あぁっ……あ……待って」

「その声だ。たまらなくいい、喘ぎさえも美しい」

うっとりした吐息に、アリアンヌの胸が熱く震えた。

甘い痺れが、どんどん下腹部に溜まっていくように感じた。肌に吸い付かれ、首から鎖骨まで彼が味わっていく。

胸を揉むフレッドの指が、乳房を爪先でひっかいた。

「やぁっ」

ぞくんっと快感が走り抜け、彼の下で身体が反応してしまう。

溜まった下腹部の熱が、脈を打つみたいに足の間で疼いた。

アリアンヌの胸の谷間まで口付けた彼の手が、察したように移動して、ナイトドレスの裾の下にあてられた。

「あっ。そこは、本当にだめ……」

彼の手はスカート部分を上げながら、次第に太腿を目指してくる。

「何が『だめ』？　君のここも、感じ始めているんだろう?」

胸元で喋ったフレッドが、布の上から乳房に甘く噛みついた。

「んんっ」

「ここにも刺激が欲しいと感じているんじゃないのかな。違う?」

彼の手がとうとう太腿に達し、柔らかな曲線をすりすりと撫でてくる。

疼いていた足の付け根に熱が増していく。それは、ある種の心地よさをアリアンヌに与えた。

彼の指が、もっと上を目指すのを黙って待ってしまった。

その反応を見た彼が、付け根の近くを指で撫でた。下腹部がきゅんっとして、アリアンヌは彼の服を握る。

「あ……っ、フレッド様、そこに触れていいのは……」

「夫だけだ。そして僕が、君の結婚相手だ」

焦らすように太腿を撫でながら、フレッドがアリアンヌを横向きにした。

驚いて身体が強張《こわば》ったら、彼が後ろから彼女の肩を優しく抱き、尻を自分の腰の方へと収めさせた。

「ほら、こうすれば二人並んで横になれるだろう？」

背がぴったりと彼の胸板に押し付けられていて、アリアンヌは恥ずかしくなった。

何よりも、太腿の間に彼の手を感じて羞恥に苛まれた。ナイトドレスの裾は、すでに付け根まで上がってしまっているのだ。

「恥ずかしいのなら、閉じていてもいいよ」

耳元で囁いて、彼の指が下着の上から秘められた場所に触れた。

「んっ、フレッド、さま」

何かが灯《とも》るような感覚に震えると、彼が後頭部に口付ける。

「大丈夫だ、最後まではしない。気持ちよくするだけだから」

優しい声に緊張が解ける。今、触れてくれているのが彼だと思うと抗えない。

「そう。いい子だ」

フレッドが胸を揉みながら、足の付け根に指をこすりつけた。始めは慎重に、それから徐々に指の腹で撫でてくる。

「あっ……あ、ン……っ」

熱い何かが、中から溢れてくるのを感じた。

たまらず身をよじると、首の付け根に口付けられた。ぴくんっと腰がはねた拍子に、温かな蜜が秘められた場所を濡らす。

「フレッド様、ご、ごめんなさい」

「何を謝る必要が？　感じて君が蜜を出していると思うと、もっと奉仕したくなる」

「奉仕って、あっ……あぁ……」

かき抱かれて囁かれた直後、フレッドの指が、薄い布の上からアリアンヌの秘裂をなぞるように刺激した。

「そう、今は気持ちよく感じてくれればいい。ほら、君のここも気持ちよさを覚え始めてる——身を任せて」

上下にこすられ、上部分を同時に撫でられると一層悦楽が込み上げる。

「あぁっ、あ……は、ぁっ」

アリアンヌは、たまらず身体を前に屈した。溢れた蜜が下着を濡らして、くちゅくちゅと音が鳴っている。

「やぁ……だめ、だめ……」

快感から逃げようとするが、フレッドが後ろから拘束して動けない。

「よがる姿も美しいな。ひくひくしているのが分かる、君の中はもっと熱いんだろうな」

「お願い、もう……」

蜜をたらす秘所の入り口が、わなないている。奥が熱く疼いて、何かを締め付けたいと奥が収縮を繰り返していた。

(どうしよう、気持ちいい)

でも、だめ。求めてはいけない。

目を潤ませ、アリアンヌは喘ぎながらも本能に抗うようにシーツを握りしめる。

初めにあった緊張など全て飛んでしまっていた。フレッドに触られているそこから、どんどん悩ましげな愉悦が込み上げてくる。

「少し、広げてみようか」

「えっ」

興奮交じりの囁きが耳元で聞こえた瞬間、フレッドの指が下着をめくり、中へと侵入してきた。

濡れた秘裂を確認し、今度は直に上下し撫でてくる。

「あぁ、だめ……あっ……そこ、だめ」

一番敏感な部分を、微《かす》かな力で円を書くように撫でられると奥がひくひくした。彼の指先は、蜜で潤った割れ目に少し食い込んでいる。

「思っていた通り、熱いな。もう僕の指に吸い付こうとしている。僕の指が好きみたいで嬉しいよ」

「そ、そんなこと――あぁっ」

ぬぷり、と彼の指がアリアンヌの中を進んだ。

「ああ、熱く締め付けてくる。浅いところをこすられているの、分かる？」

「んんっ、ン」

びくびくっと腰がはねて、アリアンヌはすぐに答えられない。

浅いところで、蜜を絡めながらちゅくちゅくと指が動くたび、熱い何かが迫ってくる感覚がした。

「気持ちいいんだね？　とても柔らかくて、二本あっさり咥《くわ》え込んだよ」

「んやぁ、だめ、です、フレッド様……ひぅっ」

もっと指が進んできて、直にこすられた膣壁からかっと熱が広がった。

男の指を沈めた膣道が収縮し、奥が一際強く引き攣った。

「もう少し焦らしていたいが、君がイクのを見たい」

フレッドが、身悶《みもだ》えするアリアンヌを抱き締めた。柔らかな髪に鼻先を埋め、ちゅっちゅっと耳の近くにキスを落とす。

彼の指が蜜口のもっと向こうへと沈んでいく。中を探り、徐々に抜いたり差したりの動きに変わった。愛液はしとどに溢れ、フレッドの指を呑み込んだ秘部は悦びに震える。

「フレッド様ぁ……あ、あっ……いいっ」

頭の芯がじーんっと甘く痺れ、羞恥も蕩けた。

その気持ちいいの先を知りたい。蜜壺がいやらしく訴えてきて、ただただ快感を拾うのに必死になった。

「アリアンヌッ」

どこか苦しそうな声を上げ、彼が抱く腕の力を強くした。蜜をかき出すように、じゅぶじゅぶと秘所を刺激される。

快感が底からぐぅっと込み上げてくる。

いけないと思いながらも、アリアンヌはフレッドの指に快楽を求めて腰を揺らした。

「あっ、あ……だめ、もうっ」

片足が浮いて、下肢ががくがくと震えた。

下腹部の奥で膨れ上がった熱が強まり、頂点に達し——不意に弾けた。

「んんぅっ……！」

アリアンヌは、太腿でフレッドの手をぎゅっと挟んで身を震わせた。

恍惚《こうこつ》とした感覚が頭の中まで広がる。達成感のような心地よい疲労感が、足先から下腹部までじわじわと染め上げた。

「あぁ、あ……あ……」

気持ちよさの果てに辿《たど》り着《つ》いた心境だった。

けれど直後、いけないことをしてしまった罪悪感に胸を締め付けられた。彼の指で、イかされてしまったのだ。

「くっ。そんなに締め付けたら、抜けないよ」

どう緩めればいいのか分からない。

膣道は痙攣《けいれん》を続け、蜜を吐き出しながら彼の指を締め付けている。

「フレッド、さま」

目尻に溜まった涙を落としながら、アリアンヌはすがるようにフレッドを見上げた。目を合わせた途端、彼がハッと息を呑《の》んだ。

「アリアンヌ……！」

「んんっ」

そのまま唇を奪われた。蜜壺に入れられたままの指が徐々に動き出して、彼女はまたしてもそこから疼きが起こるのを感じた。

（だめ、また、欲しくなっちゃう……）

覚えたばかりの快感は、蕩けた今のアリアンヌには毒だった。

しかも達したばかりだったので、フレッドの指に蜜壺を刺激されると、あっという間に上りつめていくのを感じた。

抱き寄せるように胸を揉みながら、キスをしつつ秘められた場所を彼に触れられるのは、とてつもなく快感だった。

「んぅ、んっ、んん……んぅ！」

一層激しく攻め立てられた直後、快感が奥で弾けた。

気持ちよすぎて意識が霞んだ。口付けと同時の愛撫は、恍惚感《こうこつかん》も増し、アリアンヌは彼の腕の中でそのまま意識を飛ばした。

◆◆◆

朝、目が覚めると身は清められていた。フレッドに後ろから抱き締められ、一人用のべッドに二人で一緒に眠っている状態だった。

その密着ぶりは、いつもの就寝の目覚めとは違っていた。

「おはよう」

「お、おはようございます」

予定していた起床時刻、二人だけの身支度が始まる。

けれど会話の中で、彼は昨夜のことには触れなかった。馬車のスケジュールを聞きながら、アリアンヌは夢でも見ていたのではないかしらと錯覚しそうになった。

(でも……以前とは違うわ)

閉じられていたはずの秘められた場所は、初めて異性の指に押し広げられた熱を残していた。

二人だけの秘密の行為を思い返すと、奥がとろりと潤って入り口が開くのを感じる。

(どうして、あんなことをしたの?)

恥ずかしくて、自分からフレッドに尋ねることはできなかった。

予定通り、朝早くに公爵家の馬車でバリアンの町を発《た》った。そして半日かけ、二人は午後には屋敷に戻ってきた。

「奥様、どうかなさいましたか?」

ぼうっとしてしまって、モリーに声をかけられてハッとした。

「な、なんでもないわ」

帰宅したアリアンヌは、一人、一階のサロンで休んでいた。

戻ってきて早々だというのに、フレッドは視察の件も兼ねて、書類仕事でテオドールと書斎だ。

彼がテオドールだけを同行させたのには、正直ほっとした。彼に指でイかされてしまったことを考えると、今は一人でいたかった。

(香りをつけてしまったことで誤解されて……だから甘い空気に?)

アリアンヌは、それでももと甘く疼く胸に切なくなる。

恋慕う想いを自覚した彼の低い声に囁かれ、その大きな手に触れられると……もう抗えない。

一緒に過ごしている時以上に、彼に惹かれてしまっている。

彼が触れてくる行為は、一人の女性として見られている喜びをアリアンヌに与えた。

(彼には、愛した女性が別にいるのよ。私が求めていい人ではないの)

これ以上アリアンヌが彼に惹かれてしまう前に、彼に記憶を思い出させ、約束通り離縁しなければ――。

「ねぇモリー、フレッド様はしばらく書斎で過ごすわよね?」

「はい。テオドール様から説明を聞いたのち、一人でされるとか」

彼の恋人捜しのために行動を起こせるチャンスかもしれない。アリアンヌはそう思い、期待の目でモリーを見つめた。

「その間に、一人で少し外へ行ってもいいかしら？」

「まぁ。奥様、お付きも連れずに外出をされるおつもりですか？」

「やっぱりだめ……かしら？」

子爵令嬢だった頃は普通だったが、こんなに大きな町で公爵夫人が一人出歩くというのはないだろう。

予想通り、モリーは首を横に振った。

「護衛に誰かをお連れくださいませ。本来であれば、旦那様と出掛けられる方がわたくし達も安心なのですが——いったい何をされるつもりなのですか？」

「フレッド様の恋人捜しよ。止まっていたでしょう？」

「はぁ、例の愛人様、ですか……」

モリーは、途端に気が進まなそうな顔をした。

「……あの、奥様。最近の旦那様を見ていると、わたくしとしてもテオドール様と同じく、あのお方が愛人に溺れるというイメージがなくて」

だが話が通じていないアリアンヌを見て、困ったような顔をした時だった。モリーが、ふと向こうへ視線を投げた。

「あっ、テオドール様。こちらへ」

モリーが呼ぶと、気付いたテオドールが廊下から進路を変更してきた。

「テオドール、フレッド様は大丈夫？」

「はい。一度ご説明したら、昨日の視察の書類も仕上げてくださいました。私はこれから郵送の手配を」

言いながら、彼はアリアンヌに持っていた数個の封筒を見せた。

「ところでモリー、奥様とはなんの話を？」

早速、モリーがアリアンヌの外出案を教えた。単身、恋人の足取りを捜すヒントを見付けに行くと聞くと彼も悩み込んだ。

「あまり賛同はできかねますね。恐らく、旦那様もご許可されない気がいたします」

「誰かを勝手に連れて行くことになるものね……」

「そうではなく、単純に調査を肯定されないかと」

アリアンヌは、先日書斎で不機嫌になられた一件を思い出す。

フレッドは恋人がいたことを覚えていないせいで、この件に関してはあまりいい印象を抱いていない。

「そう、よね。記憶喪失で契約結婚であることもご理解いただけていないし……でも、何もしないいなんてできないの」

このままだと、アリアンヌはフレッドに全てを許してしまいそうな予感がしていた。

昨夜、暴くように触れる彼の手を嫌だとは思わなかった。

触れられて、新しい感覚を覚えさせられるたび喜んでいる自分がいた。好きな人に愛されたい、と――。

それをアリアンヌ自身、怖いとも感じた。

理性ではどうにもできない。どんどんフレッドに心が向いていく。

アリアンヌの真剣な顔を見つめていたテオドールが、悩んだ末に溜息を吐いた。

「分かりました。それでは旦那様にも声をかけてください。それで問題がなさそうであれば、私が護衛と馬車をご用意いたしましょう」

フレッドは今、一人で書斎にいる。

一瞬緊張してしまったが、このチャンスを逃すのは惜しいように思われた。

(恋人を捜しに外へ、と言ったら気を悪くしてしまうかもしれない……)

アリアンヌは、二階へと向かいながら考える。

(それなら、尋ねてみることだけに留めましょう)

テオドールの手前、声を掛ける目的で二階のフレッドの書斎を目指した。

ノックをして声を掛けると、慌てたような返事がすぐにあった。

「アリアンヌ、どうした?」

開けるくらいアリアンヌがやったのに、わざわざフレッドが扉を開けて出迎えてくれた。

「てっきり、すぐには来ないんじゃないかと……」

「え？」

「いや、なんでもない。何かあったのか？」

室内に招き入れた彼が、中央の椅子へと導きながら尋ねた。

書斎机の方を見れば、返信用のペンと便箋、ペーパーナイフと、中身が中途半端に出された手紙が転がっていた。

作業途中だったのに、いったん手を止めてすぐ対応してくれたのだ。

それが分かって、アリアンヌは胸が熱くなった。離縁手続きの話の時も、彼は仕事の方に集中して見てもくれなかったのに。

「仕事の手を止めてしまってごめんなさい。少し質問したいことがあっただけなので、このままお話をしてもよろしいでしょうか？」

途中で足を止め、エスコートされていた手をほどいて彼と向かい合った。

フレッドが、緊張したように身を固まらせた。

「……構わないが、なんだ？」

「実は、恋人捜しが全然進められていなくて。連絡を取りたいと考えているのですが、居場所に関して何か思い出したことなどはありませんか？」

固唾を呑んで身構えていたフレッドが、細く息を吐き出した。

「いや、思いあたることは何も。すまない」

言いながらぎこちなく視線をそらした彼が、すぐに目を戻してくる。

「急にどうしてそんなことを？　以前、この部屋で何も証拠が見つからないから、中断になったのではなかったかな」

「保留になっていただけですわ。諦めず、捜してみようかと思いまして」

「なぜだ？」

フレッドの声が、やや強くなる。

口にしようとしただけで、アリアンヌは身が引き裂かれる思いがした。

「あなたの、大切な女性だからですわ」

こうして彼と向かい合える婚姻関係を、なくしたくない。

その叶《かな》わない自分の本心に胸が苦しくなった。

（――このままフレッド様と一緒にいたい。彼と、本物の夫婦に）

でも、それは彼の最愛の人からフレッドを奪ってしまうことになる。彼との約束も、破ってしまう。

フレッドのサファイヤの瞳が、ゆるゆると見開かれる。

それを見て、アリアンヌは自分が今どんなにつらそうな表情をしているのか察し、ハッとした。

「アリアンヌ、何を考えている?」

彼が手を伸ばしてきたので、咄嗟に後退して避けた。

「な、何も。いつも通り、お約束を守れることを」

「約束とは、契約の終了期日のことか? 僕のそばから離れるのか」

フレッドの顔に、以前よりも激しい感情が浮かんだ。

「離れるも何も、私はフレッド様と離縁しなければなりません。そのための結婚相手だったのですから」

このまま一緒にいたいだなんて、だめだ。

アリアンヌは、すでにそこまで自分の気持ちが彼に傾いてしまっていることに動揺して、自分に言い聞かせるように口にした。

しかし、彼女より動揺を見せたのはフレッドだった。

「待て、どこへ行く」

アリアンヌが覚悟を奮い立たせるように踵を返した途端、彼が手を摑んだ。いつもにはない痛さで引き留められ、彼女は身体が強張った。

「あ、その、外へ情報集めに行こうかと……」

彼の目は詰問するかのように怖くて、逆らえず打ち明けた。

「そんなことをする必要はない」

初めて聞くフレッドの強い声に、アリアンヌは身が竦む。

「君は、僕に他の女性がいても気にしないのか？　そのうえ僕に別の女性をすすめると？」

なぜかひどく気が立っているようだった。責めるような眼差しに怖くなる。

「フレッド様は覚えていらっしゃらないだけで、愛した女性が――」

「だから、それを君は気にしないのかと僕は訊《き》いている。このまま離縁をして、僕に別の女性と再婚しろと？」

言い方が妙で困惑する。

彼は、再婚をしない対策も兼ねてアリアンヌと契約結婚をした。

（冷静、ではないんだわ）

彼は記憶喪失だ。愛人なんていないと思い込んでいるので、やはり今の彼にこの件を話すべきではなかった。

「……あの、フレッド様、落ち着いてください」

アリアンヌは、慎重に彼の手を外させて扉の方へ後ずさりした。

「混乱させてしまってごめんなさい。今の話は忘れてください、思い出した時にまた改めてお話ししますから」

「君は捜しに行くつもりなんだろう？　そんなことは許可しない」

「で、でも、これはフレッド様のためなんです。お仕事の邪魔はしませんから」

咄嗟にドレスを翻した。

だが、フレッドが走り先に扉の前に回り込んでしまった。

「いいや、仕事は進まないよ」

立ち塞がった彼の背後で、ガチャリと鍵がかかる音がした。

こちらを見据えるフレッドの強い眼差しに、昨夜の熱を感じた。アリアンヌが後退すると、彼が追い詰めるみたいに距離を縮めてくる。

「君が一人で外に行ってみろ。既婚者だと分かっても、男達はこぞって君を求めるぞ」

「そ、そんなことは――」

「起こり得ないと？　初心で美しい君を、お茶に誘わない男なんていない」

それこそ有り得ない。そう答えたかったのに、叶わなかった。

「あっ」

いつの間にか、書斎机まで後退していて角に腰が当たった。

足が止まってそちらに目を向けた瞬間、腰に回ったたくましい腕に身体をすくい取られていた。

逆らえない強い力で運ばれ、書斎机の奥の壁に向かされて身体を押し付けられた。

すぐにフレッドが背後から覆いかぶさってくる。

「フレッド様、何を。あぅっ」

後ろから首に噛みつかれた。アリアンヌを押さえ付けた彼が荒々しく胸元を撫で回しながら、首へ早急なキスを繰り返す。

急くように愛撫されて、身体が熱くなる。

何より、彼に触れられているのがアリアンヌの心を震わせた。けれど喘いで顔を上げた途端、すぐそこに窓が見えてハッとする。

「だめです、少しでもずれたら窓から見えて……んっ」

「興奮した男が、それでやめられるとでも?」

どうして彼は興奮しているのか。

アリアンヌは戸惑う。だが身体は気持ちよさを拾い始め、まさぐる彼の手にいけない熱を灯していく。

「あっ……ン」

彼が、とうとう襟元のリボンを解いた。胸元を素早くはだけながら、彼がアリアンヌの細い首にキスをする。

「あ、あ、ドレスを乱すのはだめ……みんなに知られてしまいます」

「僕が着せてあげるから平気だ」

ドレスの心配がなくなった瞬間、アリアンヌは自然と強張りが解けてしまった。彼にされるがまま快感を拾ってしまう。

「あっ……あぁ、フレッド様」

崩れ落ちそうになる身体を壁で支えた。

フレッドは首の後ろ、耳の付け根、首筋、肩――覗いた背の上にも、早急に唇を押し付けていく。

彼の手が、緩んだ襟の縁取りを摑んでぐいっと下げた。

柔らかな白い乳房がこぼれ、アリアンヌは恥じらいに目元を染めた。

「ここからでもよく見える。綺麗だ」

昨日は露《あら》わになることがなかった乳房を、フレッドが後ろから包み込む。

「ああ、なんて素晴らしい。まさに造形美だ」

彼の大きな手が、乳房を下から持ち上げた。左右から挟み込んでは揉み、あやしげに形を変えていく。

「ふ、ぅ。だめ……」

アリアンヌの声はしっとりと湿り、すでに説得力を失っていた。

「いいんだね。僕も手がとても気持ちいい」

「ち、ちがっ、んんっ、指がっ」

答えようとしたが、フレッドの指が乳首を撫《な》で回《まわ》した。色付くそこが硬くなり、きゅっとつままれると身体の奥が甘く疼く。

胸を愛撫しながら、彼はちゅっちゅっと耳にもキスをする。

アリアンヌは、胸の頂きをいじる彼の指に注目してしまっていた。ぴくんっぴくんっと身体が小さくはねるたび、彼の方へ背がそった。

「遠慮せず、僕の方に身体を預けるといい」

言いながら顔を向かされ、フレッドに後ろから唇を重ねられた。

ぬるりと舌が滑り込むと力が抜けてしまった。彼へと身をよろりと傾けると、彼の片足に尻を支えられてもっと乳房を揉まれた。

「んっ、ンン……っ」

荒々しく求めてくる肉厚な舌は、甘美な心地も引き起こし、つたなくも自然と応えてしまう。

フレッドの手が滑り降り、アリアンヌの片足を辿った。

「んんっ」

昨夜を思い出して、隠されている奥がきゅんっと震えた。

その間にも、彼の大きな手が撫で回しながらドレスのスカートをたくし上げる。布の中へと入り、アリアンヌの足の付け根へと滑り込む。

「ああ、もうこんなに潤ってる」

唇を離したフレッドが、飢えた獣のような吐息をもらした。

薄い下着の上からこすられ、秘部がひくんっと花弁を震わせる。

「あ、あ、そんな風に撫でたら」

時々押し込むような彼の指の動きに合わせて、薄い布にしっとりと染みを作るのを感じた。奥の方からとろりと溢れてくるのだ。

「中の方も欲しくなる？」

彼の指が下着をかきわけて侵入した。くちゅりと秘裂を撫でる。

「んんぅっ」

「敏感で、素晴らしい身体だ。昨夜も初めから気持ちよさそうだったね――今日はもう少し先まで触れてみようか」

いやらしい水音をたてながら、彼の指が秘裂の中へ沈んでいく。

「あぁっ、指が……っ」

アリアンヌはたまらず腰を浮かせた。

浅い場所をくすぐり出したフレッドが、片足を前に出して腰をもっと上げさせた。すると乱されて上げられたスカートと、くちゅくちゅと動く彼の手がアリアンヌからはよく見えた。

かっと身体が熱くなった。すると彼の指が、もっと奥へ進む。

「あっ、あ……ゃあっ、フレッド様はげし、いっ」

挿入部分はドレスの布で見えないが、開いた足の間に男の腕を許し、そこで淫らに動き続けているのはよく分かる。

「安心するといい、徐々に覚えさせてる。気持ちいいだろ?」

「ああ、ぁ、ふぁっ」

「腰が揺れてきた、君はここがいいみたいだ」

フレッドはアリアンヌの反応を熱っぽく見つめながら、膣道を徐々に広げるように指を蠢《うごめ》かせた。

昨日よりも奥に指を届かされて、腰が浮く。

膣壁をこすられると、きゅんっと中が反応して彼の指に吸い付いた。恥ずかしいのに、自分から彼の手にこすりつけるみたいに腰も揺れている。

(やだ、はしたないほどに溢れて……)

好きだと訴え、愛液はすでに下着を濡らしきっていた。彼に秘所を触られ、よがってこぼれた乳房を揺らす自分にアリアンヌは羞恥する。

「あ、あぁ……フレッド、さまぁ……っ」

「たまらないな。すっかり甘くなって……その声に酔いそうだ」

フレッドが、快感に染まった首の付け根へ吸い付いた。

同時に乳房を揉まれて、下腹部の奥の疼きがきゅうっと強まる。

彼の指の動きが速まってすぐ、腰がびくびくっとはねた。蜜壺が一層締まる感覚に、下肢が震える。

（あぁ……気持ちよさが、奥で弾けて……）

軽く達したのが分かって、アリアンヌは目尻から涙を落とした。

フレッドが、少しの間じっと動きを止めた。しかし不意に手を引き抜くと、荒々しく彼女の細い腰を摑んだ。

「あっ、何を」

壁に押し付けられて、彼の方に尻を突き出すような恰好《かっこう》にさせられた。

まだ中が熱く震えていて、アリアンヌは背を支えているのがようやくだった。

「我慢できない。一緒に気持ちよくなりたい」

がさごそと後ろから聞こえてすぐ、濡れた足の付け根に熱く硬い何かが差し込まれるのを感じた。

それが何か分かって、アリアンヌはビクッとした。

「そ、それは、だめ」

濡れた下着越しにぴたりと押し付けられたのは、彼自身の熱い猛《たけ》りだった。挟み込んだ側面は、熱く脈打っている。

「中には入れないから。足を閉じて」

腰を摑み直された。滑った彼の竿が、秘裂をひっかく。

「んんっ」

指とは違う熱に、背筋が甘く痺れた。アリアンヌは甘い吐息をもらした拍子に、足でぎゅっと彼の熱を挟んでしまった。

（あっ……フレッド様を感じる）

自分から秘所に引き寄せてしまう形になって、かぁっと顔に熱が集まる。

フレッドが腰を前後に動かし始めた。濡れてほぼ意味をなさない薄い布越しに、彼の雄を秘所にこすりつけられているのをありありと感じた。

「あっ……あぁ……」

それは大きく、硬くて、彼の興奮状態を示していた。

アリアンヌの花園も、それを実感して悦ぶように愛液をもらしている。

くちゅくちゅと前後する熱い肉棒は、指とはまた違った快感を伝えてきた。余裕がないのか、フレッドの抜き差しは遠慮がなくなっていく。

「あ……っん、ああ、フレッド様、あつ、い」

彼のモノで蜜口をこすられるのが、気持ちいい。

壁に手をつくアリアンヌは、彼に腰を打ち付けられ乳房を揺らした。

「くっ。きつく挟んでくれて、僕も、いいっ」

アリアンヌが気持ちいいと分かったのか、フレッドは腰を強く支え直すと、力いっぱい腰を振り出した。

彼も、同じような気持ちよさを覚えているのだ。

アリアンヌは、後ろから聞こえる低い喘ぎ声がたまらなく愛おしかった。

(もっと、彼に感じて欲しい)

より尻を彼へと突き出して、太腿同士を強く合わせた。

獣の吐息をこぼして彼の律動が速まる。こすり合う快感が増し、身体の奥から全身へと広がった。

「あっあ、あぁ……いい……また、キちゃう」

アリアンヌは、たまらず壁に爪を立てた。

激しく揺れる胸の先が、壁にこすれる感触も愉悦となった。個室で彼と性器同士をこすりつけ合う秘密の行為にも、胸が震えた。

(ああ。こんなこと、いけないのに)

叶わない夫婦の営みの真似事《まねごと》をしている自分達が、ひどく罪作りに思えた。

――それでも、今度は彼と、イきたい。

「あぁ、フレッド様……ああ、あ……もっと……っ」

抗えない悦楽がアリアンヌの理性を攫う。

フレッドの腰が一層乱れた。

「気に入ってくれて何よりだ。君の腰は、僕のをこすりつけてからどんどん震えているのもたまらない」

呻くように告げたフレッドが、腰同士を密着させ激しく突き上げる。

夢中になって腰を打ち付けてくる彼の激しさにも、アリアンヌの胸はきゅんっとした。

「あ、ン。あっ……それ以上ぐちゃぐちゃにしたら……もう……」

「そろそろまたイきそう？　僕も、くっ、すごく気持ちがいい」

こすり合う二人の性器の間を、とろとろになった愛液が埋めて、じゅくじゅくと淫らな音を奏で続けている。

中が震える感覚が短くなる。

アリアンヌは、快感に押し上げられていくのを感じた。

「ああっ、あ、あ、フレッド様ぁ」

がくがくと震える足を、懸命に力を込めてぎゅっと閉じた。

直後、激しく前後する彼の肉棒を蜜口にきつく押し付けてこすらせ、アリアンヌは背をそらせて達した。

「僕もそろそろ出そうだっ」

びくびくっと震えた彼女の腰を強く引き寄せ、フレッドが強く押し込み、腰をぶるりと震わせた。

放たれた熱い欲望が、とろりと伝うのをアリアンヌは感じた。

(……これが、フレッド様の)

本来受ける場所を思った途端、奥がきゅっと収縮する。

達した反応で、いまだフレッドの熱に押し付けられている蜜口が、間隔を空けて時々ひくりと震えていた。

「はぁ、アリアンヌ」

肩で息をしていると、腹の前に腕を回されて引き起こされた。

「んっ……」

慈しむように唇を重ねられて、胸が甘く高鳴った。

二人の間に、特別な空気が流れている気がする。口付けを拒めないまま、アリアンヌは彼の舌に応えた。

(こんなこと、してはいけないのに……)

フレッドのキスを、本物の愛情だと錯覚しそうになった自分に悲しくなった。

五章

濃い触れ合いがあった夜も、何もないまま朝を迎えた。

だがアリアンヌは、フレッドと二人になると落ち着かなかった。

視察先の夜の出来事から、暗黙の了承のように二人の間にあった『キス以上のことはしない』という一線が、取り払われてしまった気がする。

フレッドが目を向けて来るたび、アリアンヌは彼の瞳に情熱の欠片《かけら》を見た。

以前まで気付かないようにしていた不思議な視線は、彼女を意識して見ているものだと、今になって気付いた。

(記憶喪失になって、愛していた女性のことを忘れてしまったせい？)

使用人達と共にフレッドを書斎に見送ったのち、アリアンヌは庭園が見える広間の窓際で考えていた。

初めて二人で一緒に達した際、満たされる想いがした。

そして、だからこそ、こんな悲しい過ちはやはりだめだと強く思った。

(私は一時的な、フレッド様の契約結婚の相手……)

契約結婚の目的は、彼が結婚の叶わない女性と添い遂げるためだった。

彼の身体は、その情熱を覚えている。だから、そばにいるアリアンヌに代わりのように欲情してしまうのかも――。

そう推測して悲しくなった。

記憶が戻ったら、魔法が解けるように彼はアリアンヌから離れるのだろう。

彼への恋心はどんどん募っていくばかりで、そう考えると彼女は苦しくてたまらない。

「……恋人の居場所を、どうにかして調べましょう」

恋人と再会すれば、彼の記憶もきっと戻るはずだ。

そして、アリアンヌは彼との『約束』を守って退場することができる……。

(ああ、だめ。離れることを考えたら苦しいわ)

立ち上がったものの、アリアンヌは締め付けられる胸を押さえた。

――最後に一度だけでいいから、愛して。

昨日、彼の子種が股の間に注がれるのを感じた時、子ができる危険性があるのにそんなことを思ってしまった。

良き妻にと教育されたのに、なんてことを考えてしまったのか。

「奥様っ」

不意にテオドールの大きな声が耳に飛び込んできて、驚いた。

（もしかして、思い悩んでいるのを気付かれたっ？）

焦って目を向けると、彼が廊下から駆け足でやってくる。以前よりも切羽詰まった顔に目を丸くした。

「いったい何があったの？」

「大変です、旦那様の叔父であらせられるヴィクトー様が来訪されました」

アリアンヌは事態を察して表情が強張る。結婚式の時、勝手に妖艶な女性を二人連れてきたフレッドの叔父だ。

「ど、どうして彼の叔父様が？」

「あのお方はいつも急です。今、モリー達が玄関ホールで引き留めています。これもいつものことなのですが、『立ち寄ったが泊めてくれないか』と」

「そんな……どうしたら」

いきなりで頭の中がパニックになる。

フレッドからは『相手にしなくていい』と警告されていた。アリアンヌとしても、人柄を含め苦手な人だった。

「彼は待ちきれないお人です。ひとまず旦那様のいる書斎へ押し入られる前に、奥様の方で先にご挨拶に向かった方がよろしいでしょう」

それで急いで呼びにきたのだ。

「ええ、そうね、今すぐ行きましょうっ」

アリアンヌはスカートを持ち、テオドールと共に急ぎ玄関ホールへと向かった。

すると、すでに大広間まで上がっている叔父の姿があった。

ヴィクトー・ロードベッカー。三十代後半だと聞いたが、いまだ独身で婚約者もいなかった。

手入れを怠った、もじゃっとした焦げ茶の髪。口元には流行りの髭《ひげ》を少し生やしているが、毎日形を整えていないせいで見苦しさを覚える。

彼は結婚式と同じく、上質な服ももったいなく着崩していた。

「おおっ、愛しい我がフレッドの新妻じゃないか！」

気付いたヴィクトーが、困り果てるモリー達をどかして向かってきた。

「ご無沙汰しております、叔父君様」

アリアンヌは少し膝を曲げ、スカートを両手で持ち上げて挨拶する。

「そんな堅苦しい挨拶はなしでいい。いや～、それにしてもほんと美人だね。俺もその豊かな胸に抱かれたいよ」

ヴィクトーは欠けた前歯を見せて、下品に笑った。

結婚式以来だが、じろじろと馴《な》れ馴《な》れしく胸元を見下ろされてアリアンヌの苦手意識を増させた。しかも、近付いて気付いた。

（とてもお酒臭いわ）

日中だというのに、彼はすでに酔ってもいるのだ。

「なぁお嫁ちゃん、名前はなんつったか。まぁいいや、今夜いい食事と寝床を頼むよ」

いきなり訪問しておきながら、ヴィクトーが肩に背負った鞄《かばん》を叩く。

アリアンヌは、ぎこちなく愛想笑いを返した。

「え、と。それはフレッド様にうかがってみませんと」

「ああ、いいって。俺とあいつの仲だ。久し振りに、チェスを楽しみながら談笑もしたいと思っていたところなんだ。もちろんうまい酒もセットでな。あ、そうだ、俺が直接フレッドに会って頼んでくるか」

渋られたと受け取られたのか、それを聞いてアリアンヌはモリー達とギョッとした。

そんなことをされたら、記憶喪失がバレてしまう。

だが慌てて呼び止める必要はなかった。ヴィクトーは突然肩に腕を回してきて、彼女は身を固くした。

「新鮮な反応だねぇ～。もう結婚して三ヵ月を過ぎたっけか？　それでも初々しく瑞々《みずみず》しい感じがたまらんね」

「お、叔父君様」

抱かれた肩を引き寄せられ、強い嫌悪感と恐怖に喉が引き攣る。

「ヴィクトー様」

見かねたテオドールが、無礼も承知だと低い声で言った時だった。

「叔父上、よくいらっしゃいました」

涼しげな美声と共に、フレッドが流れるような動きでヴィクトーからアリアンヌを取り返した。肩を抱き、当然のように自分の胸へと引き寄せる。

「お元気そうで何よりです」

「おーっ、我が愛しの甥《おい》よ！　近くに寄ったから訪ねたぞ！」

がはがはとヴィクトーが大口で笑った。

アリアンヌは、フレッドの清潔なコロンの香りにほっとした。彼の体温に身体の強張りが抜けていくのを感じる。

「訪ねてくださって嬉しいですよ。あなたの屋敷までは遠い、どうぞ一晩泊まっていってください。僕の隣の、一番いい部屋に案内しましょう」

「さすがはお前だ！　いつも通りそう言ってくれると期待して、別所での飲みがてら一泊分の荷物も持ってきていたのさ」

違和感を覚えさせないフレッドのスマートな対応に、アリアンヌはテオドール達と揃って驚かされた。

「上等な酒があるのです。まずは飲みながら一緒にチェスでもどうです？」

「イイ酒が手に入ったんで、飲みたくて俺を誘った口か？　むっふふふ、いいねっ、もちろん付き合うさ！」

とにかく飲もうぜと、ヴィクトーは大満足といった様子だ。

美麗な顔に愛想笑いを浮かべたフレッドが、男性使用人に指示を出す。それから勝手に動き回る暇も与えず、ヴィクトーの腕を摑んで歩みを促した。

「夜は叔父上のための晩餐会《ばんさんかい》を開く予定です」

「いいねぇ、俺はとことん飲むぞ！」

「それでは、チェスの方へ移動しましょう――アリアンヌ、あとは頼む」

「あっ、はいっ」

ヴィクトーと引き離されただけでなく、同行の必要もなくなって安堵する。だが彼らの姿が離れていくと、次第に心配になってきた。

「フレッド様は大丈夫かしら……？」

「旦那様の方なら大丈夫です。行きましょう」

テオドールが確信する声で言いながら、アリアンヌの身体の向きを変えて、背中を押して彼らと反対方向へと進めさせた。

「そう、よね。これから泊まる部屋と、晩餐会の用意をしなくてはならないものね」

フレッドのところは男性使用人達に任せることにして、アリアンヌはテオドール達と早速支度に取りかかることにした。

◆◆◆

晩餐会の用意を、急ピッチで進めていく。

前準備など何もしてなかったから、使用人が食材を買いに走ったり、大広間の飾り付けなどにも追われた。

「やっぱり私が妻として付いている方が――」

別室でヴィクトーの相手をしているフレッドが心配だった。

「いけませんわ奥様。以前の旦那様だったとしても、うまく話を進めて奥様から引き離したと思います」

屋敷の若いメイド達からも、ヴィクトーの評判は悪かった。

身体を触るし、酒も注がせる。それをさせないよう、フレッドは日頃から女性使用人を近付けないようにしていたのだとか。

「とはいえ、若い者達だけでは旦那様のサポートも力不足でしょう――私が行きます。モリー、あとのことは任せましたよ」

一通り流れの指示をしたテオドールが、途中で抜けてフレッドのそばについていてくれることになった。

そして夕暮れ、早めの晩餐会が開かれた。

酔っぱらっているのが幸いしたのか、一緒に大広間へ降りてきたヴィクトーは、フレッドを疑っている様子はなかった。

「我が甥の過ぎた新婚期間に、かんぱーい！」

ヴィクトーは、ホストでもないのに晩餐会開始の声を上げた。

彼は食事が始まってからも、水のように酒を飲み続けた。その光景はアリアンヌが初めて見る酒豪っぷりで、かえって天晴《あっぱれ》だった。

「新妻も飲んでるかー？　その夜用のドレスも素敵だね、フレッドの贈り物かい？」

「は、い。そうですわ」

正確に言えば、これは衣装棚の中にあった未使用のドレスだ。そのまま返そうと思っていただけに、ヴィクトーへ応えるアリアンヌの愛想笑いは硬い。

入居以降も、新しいドレスが届いていた。

（新婚暮らしだと、外から疑われないためかもしれない……）

贅沢《ぜいたく》な暮らしとは無縁のアリアンヌは、高額なドレスをぽんっと買ってしまうフレッドには慄いたし、なんともったいない……と思ったものだ。

パーティーにでも行くみたいな、公爵夫人の装いには慣れなかった。

けれど今は着飾った衣装よりも、夫の方が気になった。

フレッドは向かいの席で、ヴィクトーと中央の席で並んで腰かけていた。ヴィクトーの食事マナーのなさは、彼には甚だ迷惑だろうと思えた。何より、食事中だというのに構わず彼の肩を叩いたりする仕草は目に余った。

「フレッド、お前は本当に美人でいい妻を迎えたよなぁ！」

わははと笑って、ヴィクトーが今度は背中を叩く。

下品な手で、フレッドをぞんざいに扱って欲しくないとアリアンヌは感じた。

思わず口を開こうとした時、ヴィクトーがグラスに残っていた酒を飲み干した。下ろした瞬間の彼と、目が合って驚く。

「あの――」

「新妻ちゃん、我が一族も君のことは大歓迎している。全然顔を見せに来ないものだからさ、最近ふと思い出して寂しく思ったもんだよ」

それまでは忘れてもいた、と受け取れた。

愛情が希薄な家族関係に思えた。一人息子の結婚に、まるで関心がないみたいに。

「はぁ、そうなのですか……」

「すみませんね叔父上、新婚なもので」

フレッドが涼しげに返すと、ヴィクトーは満足そうな顔で、ソースがつくのも構わずステーキを口に頬張《ほおば》る。

「むっふっふっふ！　だろうと思って、食事の酒も大いに進んだものさ」

くちゃくちゃ咀嚼音《そしゃくおん》を上げながら彼は喋った。そばから男性使用人に口を拭かれながら、ふとアリアンヌにフォークを向けた。

「フレッドの父親も愉快なお方でな。いつか話を聞きに行くといい」

「そ、そうなのですか。なら、いつか……」

控えめに愛想笑いを返したが、必要以上は関わりたくないと思った。

「はぁーっ、イイね。君は美しく、本当によくできた妻だ。俺の何人かいる愛人もいい良妻っぷりを発揮するが、やっぱり生粋の令嬢が一番だな」

ヴィクトーは肉料理を口の中に押し込み、ぐびぐびとワインで流し込む。

いったい〝何〟と比べてイイと言っているのか。

卑俗なことだろうと想像されて、アリアンヌは考えたくないと思った。するとヴィクトーは品のない笑みを浮かべ、フレッドに振った。

「どうだ、お前も夜な夜な楽しめているんだろう？　甥よ」

「叔父上、妻の前では少し控えていただいても？」

品よく口元を拭ったフレッドが、気品溢れる笑みを向けた。

一瞬、笑顔に反してピリッとした空気を感じた。しかしヴィクトーは、そういった空気を読むのも下手らしい。

「もちろんだとも。挙式でも独占していたからな、あの仕事中毒なフレッドの溺愛っぷりがいい。実のところ、結婚も嘘だったんじゃないかと思ってたくらいだよ」

アリアンヌは、ポタージュをすくったスプーンを少し揺らしてしまった。

「僕は嘘を言いませんよ」

使用人に大きく切りわけられた鶏肉《とりにく》料理を出されたフレッドが、そこにナイフを入れながら涼しげに笑う。

「ははは、知ってる。お前は義理堅い男で、我が一族の誇りだ。なんせ収益も上げて財産も倍に、お前が指示する通りに俺が動くだけで利益も増える！　これからも、どんどん俺を使ってくれ」

「今になって何かお疑いになっているように聞こえましたが、僕の勘違いでしたか」

「そうそう、勘違い、気を悪くしないで欲しい」

ようやく酔いが回ってきたような顔で、ヴィクトーはへらへらと笑った。手で要求した彼に次の酒を渡すテオドールは、不快そうに眉を寄せていた。

「交際相手がいると打ち明けられたのが、あのタイミングだったのを思い返してな。ほら、どっちが先に令嬢を捕まえるか、お前の父が提案した時だよ。面白くなりそうだったのに、爵位を賭けたゲームが開催されなかったのは残念だったな」

「ゲーム……？」

　爵位継承とは合わない言葉に、ついアリアンヌは反応した。

「なんだ、知らないのか？　まぁ、結婚予定でずっと付き合ってたんなら、あの場の話題なんて関係ないから言わないか」

「叔父君様、それはどういうことですの？」

「アリアンヌ、いいから」

　フレッドが口を挟む。

　しかしヴィクトーは、アリアンヌに鼻の下を伸ばして「興味がある？　なら教えてあげるよ」と気前良く言った。

「一人だけ家族の話を知らないのも可哀想《かわいそう》だしな。我らが偉大なる前公爵は〝そんな愉快なことを思いつける面白い男〟なんだよ。元々爵位は嫡男のフレッドが継ぐ予定だったんだが、親族が集まった酒の席でこう言ったわけだ」

　ヴィクトーは胸に手をあてると、酒のグラスを高々と掲げ、観劇の男優のごとく声を響かせた。

「『子を産んでくれるイイ女を妻にできた方が、領地を好きにするのはどうだ？』そう言われてみんなで盛り上がったところ、フレッドがすでにいい人がいて結婚の約束をしていると打ち明けた。仕事が大好きなこいつが、ってみんなで笑ったもんさ」

ゲラゲラと思い出し笑いをしたヴィクトーに、アリアンヌは目を瞠った。

（——信じられない。なんて人達なの）

全員がその提案にノリノリだったという話を聞くに、この叔父だけでなく、両親と一族も揃って性格に問題がありそうだ。

フレッドは次期公爵としての責任感を強く持ち、これまでずっと頑張ってきた。

領地経営は右肩上がりで、ヴィクトーの話を聞くに公爵家の財産もかなり増えたようだ。

それなのに前公爵は、あろうことか酒の席で簡単に約束を撤回しようとしたのだ。

（だから彼は、早急に結婚しなければならなかったんだわ）

あんな家、とメイド達がもらしていたように、フレッドはたった一人で戦い続けてきた。

必死の頑張りが、彼の今の地位と名誉を築かせた。

『生憎だったな。君は、タイミングの悪さで外れクジを引かされた』

顔合わせをした時の、フレッドの言葉が耳に蘇った。

（あの言葉は、申し訳なさによる懺悔の思いも含まれていたのね）

彼は爵位継承後の多忙さの中、結婚履歴を作れる令嬢を必死になって探した。それはひどい前公爵や一族から、領民達を守るため。

（この叔父が領主に収まっていたら……領民も不幸になっていたでしょうね）

きっとフレッドも、それだけは避けたいと思ったのだろう。

アリアンヌは、結婚したことで彼の役に立てて良かったと改めて思った。

（それがせめて、私にできること……）

そう遠くないうちに、アリアンヌは離縁をして屋敷を出ていく。そしてフレッドの隣に立っているのは、別の女性なのだ。

◆◆◆

晩餐会は、深夜遅くにようやく終了となった。

ヴィクトーは泥酔までが長かった。浴びるほど酒を飲み続けているのになかなか酔い潰れてくれず、アリアンヌもシャンパングラスを二つ分、嫌々ながら飲むことになってしまった。

（……一つのグラスで、味わう程度に飲んで楽しむのが好きなのに）

ヴィクトーを男性使用人が数人がかりで運んで連れて行くのを見届けたところで、ホッとして火照った顔に手で風を送った。

つい先程まで早く休みたい気ばかりしていたが、安堵《あんど》感《かん》と共に、身体を清めて湯に浸かりたい気持ちが込み上げた。

「奥様、お疲れ様でした。湯浴みの準備が整っております」

そばで密かに支えていたモリーが、アリアンヌを労った。

「いつもありがとう。あなた達の就寝が遅くなってしまうけれど」

「気にしなくてよろしいのですよ。アルコールが入っておりますから、湯に浸かる時間は普段よりも短めでお声をかけさせていただきます。ただ、マッサージはしっかりさせていただきますね」

モリーとメイド達が温かく頷くので、アリアンヌは感謝を込めて微笑んだ。

その時、フレッドに手を取られた。モリーに代わって支えられる。

「二杯目からぼうっとしていたが、大丈夫か？」

酒に弱いと気付いたのだろう。目を覗き込むフレッドは、先程まで仮面のような笑顔を張り付かせていた時と違って、心配そうだった。

アリアンヌは、彼が細かな変化まで見ていてくれたことが嬉しかった。

「ええ、平気ですわ」

ヴィクトーが訪れてからの戸惑いについては、まだ考えるには疲れすぎていた。ひとまず湯浴みで酒の臭いも落としたい。

「あとはモリーに頼んで連れて行ってもらいますから、フレッド様もゆっくり汗を流してきてくださいませ」

離れようとしたら、握る手と肩を支える彼の手に力が入った。

「いや、僕が君を送ろう」

足元がふらりとしているアリアンヌは、そのまま彼に抱き寄せられた。

「フレッド様に連れて行ってもらうだなんて、悪いですわ。あなた様だって疲れているでしょうし……」

「僕がしてあげたいんだ。君の世話なら、いくらでもしたい」

最後に飲んだお酒でふわふわしていたアリアンヌは、彼も真剣な顔で冗談を言うんだなと思った。

「ふふっ。大袈裟ですね」

気がほぐれて、ようやく楽しい酔い心地になって少女のように笑った。

フレッドが悩ましげに目を細め、不意に素早く距離を詰めた。

（え……？）

ほんの少し触れた熱を残して、押し付けられた唇が離れていく。

使用人達も見ている前でのキスだ。アリアンヌは目を丸くした。テオドール達も、びっくりした様子で固まっている。

「モリー、湯浴みの案内を」

「は、はいっ」

「テオドール、付いて来い。彼女を届けたら、僕も手早く汗を流す」

「かしこまりました」

慌ててテオドールもあとに続く。

叔父のこと、晩餐会のこと——それについても悩まれているのに、アリアンヌは続くフレッドの対応に戸惑った。

（あ。彼に手間をかけてはいけないわ）

ハッと気付いて、一人で歩こうとした。しかしよろけてしまい、彼の腕に抱き支えられる形になってしまった。

「も、申し訳ございません。フレッド様、私……」

「分かっている。緊張が緩んで一気に酔いがきたんだろう。今は素直に、僕に寄りかかっていなさい。湯で少しはアルコールも抜けるだろう」

「は、い。そのようにいたします」

フレッドの眼差しは、愛情深いと錯覚してしまいそうなほど柔らかかった。優しさに溢れた声に身体の火照りが増し、アリアンヌはただただ頷くしかなかった。

そのまま浴室まで送り届けられ、彼はあとをモリー達に託して行った。

メイド達がドレスを脱がし、アリアンヌの湯浴みを手伝った。体中にこびりついていたヴィクトーとの空気が流れていくような心地がした。

リラックスする効果があるという香が混ぜられた湯も、格別だった。

「マッサージもさせていただきますわね。疲れもほぐれますわ」

モリーの提案で、身体を温めつつ筋肉もほぐしてもらった。

化粧水などで肌をケアされ、普段より髪も最後の櫛《くし》まで丹念にされた。

「いつもよりメニューが多くないかしら？」

「時間はあまり大幅に増えているわけではありませんよ」

そうモリーに言われる。けれど、いつもより肌触りのいいナイトドレスを着せられ、他のメイド達も始終温かな眼差しだった。

（……なんだか、変？）

そう感じたのは、誰もキスのことについて訊いてこないせいだろう。

アリアンヌがそれに気付いたのは、フレッドの主寝室に送られた時だった。

室内は普段より小さく灯りが付けられていた。そこには湯浴みを終えたフレッドと、報告に来ていたテオドールがいた。

別れる前にされたキスもあって、そわそわしてしまった。

けれどモリーは、当たり前のようにアリアンヌを彼のいるソファに座らせてしまう。

「さぁ、お水をどうぞ」

「あ、ありがとうございます」

テーブルには水とグラスが置かれていた。フレッドは、わざわざ自分でアリアンヌに手渡してきた。

「テオドールも今来たところだ」

「そう、ですか……」

彼の目がずっと微笑み見つめてきて、水も喉を通りにくかった。

テオドールの話によると、ヴィクトーは無事に休ませ、先程屋敷内の消灯も完了したとのことだ。

「我々も先にお休みをいただきます。それでは、おやすみなさいませ」

すっかり深夜を回っているので、引き留めるわけにもいかない。

アリアンヌは、落ち着かないままテオドール達の退出を見送った。

二人きりにされると、深夜の静けさに包まれた主寝室はいつもより広く感じた。そわそわして、水をもう一度口にする。

「強烈だっただろう。僕の家族は、叔父を含めみんなそうなんだ」

フレッドが、苦笑いでそう言ってきた。

アリアンヌは否定できず反応に迷った。彼の言葉に緊張も覚えていた。

(もしかして、やっぱりフレッド様は記憶が……)

叔父のヴィクトーが現れてから、何度か脳裏を過ぎっていた戸惑いが濃厚になる。

「家族のことについては、君を失望せるようで説明はできなかった」

彼は返事も求めないまま目を落とし、手に持っていたグラスの側面を撫でた。

「僕の一族は、賢い者も希《まれ》にいるがその使い道は残念に思うほどで——とてもではないが自慢できるような人柄ではない」

詳細は語らなかった。晩餐会でのヴィクトーの話からしても、おおよそどんな方々なのかアリアンヌも予想はできた。

「……あの、フレッド様」

尋ねてみようとして、言葉に詰まった。

話していて、今の彼が家族のことを覚えているのは分かった。しかしそうすると、浴室に送ってくれた時も本来の彼ということに——。

「もうすでに薄々察していると思うが、実は記憶が戻っている」

アリアンヌはグラスを落としそうになった。

予知していたのか、彼が取り上げてテーブルに置いてくれた。いつの間にか自身の分のグラスはテーブルに戻している。

「あ、ありがとうございます」

「いや、驚かせてしまってすまない」

「あの、その……叔父君様の顔を見て思い出されたのですか？」

「いや。視察の手紙が来た時には、すでに記憶があった」

驚きのあまり息が止まる。

とすると宿に泊まった日も、アリアンヌはずっと本来のフレッド・ロードベッカー公爵と話していたのだ。

「すまなかった。君を庇って頭を打った時に思い出したんだ」

「そ、それでは、二度目のキスを試したがった時にはもう記憶が……？」

「あった。記憶が戻ってしばらくの間もそうだが——記憶がなかった時も、君をたくさん困らせて赤面もさせてしまって悪かった」

彼のその告白には衝撃を受けた。

「……覚えていらっしゃるのですか？　全部？」

まさかと思って尋ねると、フレッドがアリアンヌの目を真っすぐ覗き込んで、真摯な面持ちで頷く。

「ああ、覚えている。先に言っておきたいのは、記憶がなかった時の甘えも、全て本来の僕自身だ。——言葉も、全て」

フレッドが、真剣な声で『言葉も』と告げた。

『美しい』

アリアンヌは、君は誰だと尋ねた彼が言った言葉を思い出した。

それから、結婚式の時『見た目は悪くない』と言ったフレッドの様子が、明言を避けるようであったことも――。

「キスがしたいと初めて君に告げた僕も、記憶が戻ったあとの夜に、もう一度キスをしたがった僕も、全て僕自身の本心だ」

落ち着くどころか戸惑いが増した。

書斎でのことも、記憶喪失ではない方の彼がしたことなのだ。

（彼には、結婚できない身分の愛する女性がいるのに――）

そう思った時、両側から腕を掴まれた。引き寄せると同時に、フレッドが素早く唇を合わせてきた。

「フレッド様っ？」

またしても急にキスをされ、アリアンヌは慌てて離れた。

「君とキスがしたいと思ったから、した」

「ど、どうして」

「アリアンヌ、君は美しい」

再び顔を寄せてきた彼が、唇に甘い囁きを落とす。

アリアンヌは次のキスを拒めず、誘われるように目を閉じた。フレッドが口付けをし直した。

「ん……ン……」

彼はキスをしながら、アリアンヌの頭を引き寄せた。彼女も上を向いて、互いの唇の柔らかさを吸い合う。

キスは間もなく情熱的な逢瀬《おうせ》へと変わった。

フレッドが腰に腕を回して引き寄せ、舌も使って口内を味わった。アリアンヌは崩れ落ちそうになって、彼の首の後ろに腕を回す。

(嬉しい……彼が、キスをしてくれている)

酒のせいだろうか。唇も舌も彼の情熱で甘く痺れて、頭がぼうっとして、ただ彼の舌に応えることしか考えられなくなる。

「ふぁっ、あ……ン、んっ、んぅ」

彼の腕が、ナイトドレスをくしゃりとしてアリアンヌを一層かき抱く。

「ンン、んっ、んっ」

薄いナイトドレスの背をまさぐられ、びくんっびくんっと腰がはねた。舌の付け根まで吸い付かれて背がそる。

彼の探るような手は、腰を撫で、忙《せわ》しなく足まで辿る。

と、不意に彼に抱き上げられて驚いた。

「ここでは狭すぎる」

肩で息をしている間にも、ベッドに運ばれた。下ろされると同時に、彼がアリアンヌに覆いかぶさってくる。

「フ、フレッド様⁉」

ハッと見つめ返したアリアンヌは、見下ろす彼の目に、ハッキリと燃えるような欲情を見て震えた。

それは、見惚れてしまうほど情熱的で美しく、彼女から選択の余地を奪った。

その想いが眼差しから伝わったみたいに、彼がアリアンヌの手を取り、結婚指輪に口付けた。

「今夜は、もう止まれそうにない。キスだけでなく――君が、欲しい」

アリアンヌの胸がかっと熱くなった。

嬉しい、という気持ちが身体の芯から込み上げた。じっくり見つめる男の眼差しをした彼の目に、下腹部が甘く疼く。

今、目の前にいる彼は、アリアンヌの身体に欲情してくれているのだ。

(彼の記憶は戻った。この先に待っているのは……離縁)

アリアンヌは、三ヵ月という約束の期間をとっくに過ぎていることを思った。一時だけ、この胸の痛みを忘れて彼に溺れたくなった。

酒を飲み、男女二人きりの雰囲気が彼をその気にさせているのでも構わない。

離縁してしまう前に、この清らかな身に一度だけでも彼の愛を受けたい……。

「……や、優しく、してくださいますか。私、初めてで」

きっと少し残っているアルコールのせいだ。アリアンヌは、素面《しらふ》であったのなら決して言えなかった台詞に目元を赤くした。

羞恥のあまり視線をそらし、緊張で上下する胸で両手を握り寄せる。

するとフレッドが、アリアンヌの手を優しく左右へ開かせた。

「もちろん、そうする」

彼が握った手にキスを落とした。左手だけでなく、右手も肘までちゅっちゅっと口付けていく。

その様子に、アリアンヌの胸は熱く騒いだ。

いつもより唇を熱く感じるのは、彼もお酒が入っているせいだろうか。

「ここにもキスをしよう。――今夜は、たくさん」

フレッドがアリアンヌの背に手を回し、頭を屈めてナイトドレスの上から乳房にキスをした。

「んんっ」

唇を繰り返し柔らかな乳房に押し付けながら、反対側の胸を大きな手で撫でられて甘い声がもれる。

彼の手が、アリアンヌの衣装の上を這っていく。

触れられるたびに身体は熱を持ち、フレッドへの愛おしさを膨らませた。首まで丁寧に口付けられて火照りが戻ってくる。

「あ、ン……っ、フレッド様」

チクリ、と肌に走った刺激に胸がきゅんっとして、アリアンヌは彼の頭をかき抱いた。

滑り降りていくフレッドの唇が、胸の谷間に吸い付いた。

「んんぅっ」

強く吸い付かれ、花弁を散らされてアリアンヌは震える。

不意にナイトドレスが引きずり降ろされた。

ふるんっと揺れた乳房が現れ、彼が舌を這わせる。硬くなった乳房の先端も口に含まれ、足の付け根にまたあの熱が溜まっていく。

「あぁ、いい……んっ……あ」

「足をこすり合わせる姿もそそる。そちらもすぐに可愛がってあげよう」

そう言うなり、片手で裾をたくし上げ、足を大きく開かれた。

その姿勢だけでも恥ずかしいのに、彼が乳房を手と舌先で刺激しながら、アリアンヌの足の付け根部分も指でこすり始めた。

「あっ……あ……あぁ、フレッド様……両方同時は、やぁ」

「とても感じてしまうから？」

びくびくっと浮いた腰のことを言っているのか、フレッドがあやしげに笑う。

「アリアンヌ、そういう時は『いい』と言っていいんだ。恥ずかしがる必要はない。気持ちがいいのなら、我慢しなくていいのだから」

フレッドが胸に顔を埋め、再び優しい愛撫を施す。

身体は、彼に与えられる刺激で熱を持つ。いじられている秘所から、淫らな気持ちまで込み上げてきた。

身体は何度もはね、ベッドが小さな軋《きし》みを上げる。

主寝室の空気は湿り、吐息はあっという間に甘く乱れた。

「ん、ゃ……あぁっ」

フレッドの指が蜜口を速く上下にこすってきて、アリアンヌは甘えるような喘ぎを響かせて背をそらせた。

——カタン。

その時、ベッドの向こうの壁から物音が聞こえた。

隣の寝室にはヴィクターがいる。アリアンヌはハッと思い出した。彼のことだから、いやらしく耳を澄ませているのではないか。

「んんっ、フレッド様だめです、聞こえてしまいます」

咄嗟に口へ手の甲を当て、小さく訴える。

フレッドが上半身を起こした。しかし、大きく開かれた彼女の足の間にいる彼は、秘所に当てた手の動きを止めることはなかった。

「彼に聞かせてやればいい。僕達は夫婦なのだ、と」

アリアンヌは、ヴィクターが二人の仲を疑っているみたいだったことを思い出す。

（だから、こんなことをしているのも理由がある……？）

するとフレッドが身を屈め、ナイトドレスをずり下ろしながら、アリアンヌの身体にまんべんなくキスを落とし始めた。

薄い布は呆気なく脇腹も滑り落ち、彼の唇が白い腹にも吸い付く。

「んんっ」

「好きなだけ淫らな声を上げていい。隣にいる叔父に聞かせるのは、必要なことだよ。僕の奥さん」

舌を、つうっと臍《へそ》のくぼみまで滑らされた。

彼にとって必要なこと――そう思ったら、抑えていた声を上げてもいいんだと、アリアンヌは愛おしい人の声に従った。

「はぁっ……あ、いい」

声を上げると余計に感じてしまって、愛撫する彼に身体をくねらせて応えた。

何より、彼が夢中になって身体を触ってくれていることが、嬉しい。

「そう。そのまま、感じるままに動いて」

ぴくんっと腰を浮かせたアリアンヌの秘部への刺激を強め、フレッドが嬉しそうに吐息で笑う。

アリアンヌはその言葉に従い、揺れるままに腰を動かした。

「そうすると、気持ちいいところによく当たるだろう？」

「んっ……あぁ、そこ」

「ここ？　ここを引っかかれるのがいいんだね？」

濡れた下着越しに秘所をこすりつける指が、その上の一番敏感な部分を引っかきながら、ぐちゅぐちゅと花弁の形を変えた。

「あっ、あ、それだめ、あの感覚が……っ」

昨日感じた熱が、下腹部からせり上がってくる。

太腿を広げて腰を浮かせてすぐ、奥の方で熱が弾けた。腰がベッドに沈み、達した余韻を感じていると、フレッドがシャツを脱ぎ捨てた。

アリアンヌは、目の前に現れたそのたくましい胸板に目を奪われた。

すると彼が、腰に引っかかっていた彼女のナイトドレスも抜き取ってしまった。

「あっ、待っててっ」

だがフレッドは、続いて容赦なく下着も抜き取ってしまう。

とうとう裸体でベッドに横たわることになってしまった。

アリアンヌは閉じかけた膝を押し開かれ、秘められた場所に熱い視線を注がれて、力なく羞恥に震えた。

「……ああ、そんな。見ては、だめ……」

一度開かれた花園は、彼の愛撫ですでに滴るほどの甘露を帯びていた。

異性の前で裸になったことも衝撃が強かったが、開脚した姿で、秘所をフレッドに正面から見られていることが猛烈に恥ずかしい。

「ひくひくと動いて、とても愛らしい」

フレッドが手を伸ばし、花唇にくちゅりと触れて上下に撫でる。

「あっ……あ……あぁ……」

「触れるたびに奥から溢れてくる。こんなにも僕を迎え入れようとしてくれているのだと思うと、愛らしいし、嬉しいよ」

迎え入れたい。あなたと一つに……。

その感情と連動したみたいに、蜜口がひくりと震えた。愛液を新たにこぼしたそこへ、フレッドがゆっくり指を沈める。

「んんっ……はぁ、中に……っ」

「きつくないみたいで安心した。分けてほぐした甲斐があったな、これからもっと気持ちよくなる」

中を探られながら押し広げられる。膣壁をこすられる感触に、腰が蕩けそうな甘い快感が起こって、足が自然と開く。

「あ、あ……あぁ……あっ」

男の指が動くたび、愛液が奥から溢れて止まらない。

フレッドが指を抜き差しし始めた。汗ばむアリアンヌの肌を吸い、乳房を揉む。

「ひぅっ、あ、あ、だめ」

強く指を出し入れされると、快感が蜜壺に響いた。疼く奥へ近付かれるたび、じんっと痺れて内側が蠢く。

「早く君の中に入りたい。アリアンヌ」

素早く指で突き上げる彼が、蜜壺を指でかき回すことだけに集中する。

気持ちよさのあまり、アリアンヌは腰を浮かせて喘いだ。

(嬉しい、彼も早く一つになりたいと思ってくれている……)

そう思った瞬間、子宮が震えるような快感の波が押し寄せてきた。

昨日よりも、内部への強い官能の刺激を感じた。喜悦が全身を駆けたと思った次の瞬間には、アリアンヌは達していた。

「あぁぁっ……！」

二回目はイキみが強く、声も途切れてびくびくっと身体を引き攣らせた。

蜜壺が、ぎゅうぎゅうに彼の指を締め付ける。心地よい感覚が弱まるまで、しばらくフレッドは待っていてくれた。

「あっ、ン……」

快楽の波が収まると、彼の指が引き抜かれた。

その途端に切なさが訪れ、秘裂がひくひくと動いて『もっと』とはしたなく喘ぐ。

「……フレッド様、もう」

達したのに奥が熱く疼いて止まらない。

アリアンヌは、潤んだ瞳を向けた。だがその瞬間、いつの間にか全ての服を脱ぎ捨てたフレッドの見事な肉体美に見惚れた。

そして彼の足の間にある男根は、太く雄々しくそそり勃っていた。

欲情した証を見て、達したばかりの花園がひくりと震える。

蜜が溢れたのは、この時のためだったのだとアリアンヌは感動さえ覚えた。

「そんなに注目されると恥ずかしいが……見たいだけ見てくれ。君を欲しがってずっと痛いくらい大きくなっていた。怖いか？」

「いいえ」

アリアンヌは即答した。愛おしささえ感じていた。

彼が竿先を蜜口へと当てた。とろとろになった花弁を彼自身に撫でられ、じくじくと熱が湧く。

(ああ……気持ちがいい……)

そこから目が離せないアリアンヌは、自然と足を広げていた。

時々はねる腰を、フレッドが熱い眼差しで見つめる。

感触と温度が馴染《なじ》むと、口を開いた雌に彼を感じたくてたまらなくなる。入りそうで、入らない接触がもどかしい。

「ん……フレッド様……気持ちいいけど、もっと……」

そんなに浅いところを撫でるのではなく、中に欲しい。

つい自分からこすりつけるように腰を浮かせて喘いだ。一度フレッドが止まり、苦しそうな吐息をもらした。

「アリアンヌ、すまない。もっと慣らそうと思ったが——我慢できそうにない」

不意に竿先が押し込まれて、ぬぷりと秘裂を割り開いた。

「あぁっ」

膣壁を硬いペニスにすられる感触に、アリアンヌは乱れた声を上げた。

押し開かれるような苦しさがあった。だが、間もなく先端が埋まると、若干きつさも和らいだ。

「僕を感じる？」

フレッドは見守るように寄り添うと、アリアンヌの頭を撫でた。

少しずつ押し進めながら、こめかみや頬にキスをし、きつさを紛らわせてくれる。

「あ、あ、感じ、ます……」

きつくなった隘路《あいろ》で、フレッドが浅く腰を前後に揺すった。

その圧迫感は、指とは比べものにならない新たな官能をアリアンヌに与えた。

「あぁ、あっ」

彼は蜜を誘い出しながら、剛直を進めていく。

彼の腰がくちゅくちゅと浅く突き上げるたびに、こすれる感触が響いて身悶えした。

フレッドがそれに気付いて、両手をベッドについた。

「中が感じるんだね？　こうすると、どう？」

押し込む腰の位置を少し変え、とくに熱くなった部分をかき回す。

すると、雄が出入りするきつさを上回る快感が起こった。かっと中が熱くなって、アリアンヌは悶える。

「あぁっ、あ……ン、フレッド、さまぁ」

「もしかしたらとは思ってはいたが、僕の指を入れた時に一度目で快感を覚えていてくれて、嬉しいよ」

腰を揺すりながら、彼が嬉しそうに微笑んだ。その頬は欲情に火照っている。

(悦んでくれている)

アリアンヌは、きゅんっと蜜壺を震わせた。迎え入れたいと欲しがるみたいに、奥からどんどん愛液が溢《あふ》れ出《で》てきている。

「はぁ、ん……っ、こすられると響く感じがして、んっ、気持ちよくて……」

「分かるよ。押し込むたびに絡みついてくる」

前後に揺すりながら、膣道を埋める彼の熱に押し開かれていくのを感じ、アリアンヌは涙をこぼした。

(ああ……フレッド様が、もう真ん中まで……)

彼の欲望の脈動を感じた。アリアンヌの愛液も滑りを助けている。

二人が一つになる瞬間が近付いているのを感じた。

「奥まで入れたら痛みもあるだろうが……すぐによくなる」

「あっ……ン……あぁ」

「隣の部屋に聞こえるくらい、気持ちいいだけ君の声を僕に聞かせてくれ」

フレッドが剛直をぐぐぅっと進めた。

指も届かない奥は狭く、開かれていく独特の感覚にアリアンヌはのけぞった。

「あぁっ……あ、あぁ……っ」

苦しい。しかし、これまで届かないでいた部分にようやく感じられた彼の熱に、身体は悦びを感じていた。

「あ、あぁ……フレッド、さまぁ」

今にも最奥にまで到達しそうで、背を震わせた。

フレッドから苦しそうな吐息が聞こえた。アリアンヌは足を広げ、腰を浮かせて剛直の進みを受け入れる。

溢れた愛液が助けて、次第に奥へと滑ってくる。

きっと、あともう少し……彼の背を抱き寄せたアリアンヌは、しかし最後の気掛かりにハッとした。

「んっ、フレッド様は後悔、しませんか？　私を、抱くこと」

アリアンヌは、彼にこのまま奪われても構わないと思っていた。

こうして一緒にいられるのも、あと僅かだ。最後に一人の女性として、その腕に抱かれたい、と。

だが彼の記憶も戻り、離縁も間もなくだ。

一時の熱に流されたい気持ちと同時に、フレッドを思えば迷う。

彼には愛する女性が別にいる。関係を持ってしまったことを、彼は後悔しないだろうか？　彼に抱いてもらってもいいのだろうか。

するとフレッドが、アリアンヌの最後の迷いをあの強く燃えるような眼差しで木っ端微《こ　ぱみ》塵《じん》に吹き飛ばしてしまった。

「後悔なんて、するものか。こんなにも君が欲しい」

雄々しく美しいフレッドの目に、アリアンヌは胸が震えた。

彼は証明してやると言わんばかりに腰を抱えると――一気に奥深くまで貫いてきた。

「あぁぁっ……！」

彼の硬い剛直が深々と蜜壺を埋め尽くしている。アリアンヌは甘えるような悲鳴を上げ、たまらず彼にしがみついた。

一瞬走った痛みは、彼との初めての交わりが刻まれた証だ。

(嬉しい。フレッド様が、中に)

詰めていた息をゆっくりと吐いた。滾《たぎ》った肉棒の存在感と共に、どくどくと中で脈打つのを感じ入った。

「アリアンヌ。ようやく君の中を感じられて、最高の気分だ」

耳元に熱い吐息が落ちる。

「痛みは？　きつくはないか？」

こんな時でも気遣ってくれる彼の優しさが、嬉しい。

「痛みは、少し……でも、フレッド様を感じられて、嬉しい」

もう迷いはない。

最初で最後の仮初《かりそめ》の夫婦の営み。これからを思って、アリアンヌは彼に身を委ねた。

「僕も嬉しいよ。君を愛させてくれ」

フレッドが膝の裏を抱え、蜜壺の奥を竿先で打ち始めた。

ゆっくりと押し込まれては、うねった膣壁をこすられて引かれる。

「あっ、ん……あぁっ……あ」

圧迫感はあったが、探るように奥を突かれるたびに新たな快感の火が灯り、アリアンヌは次第に甘い嬌声《きょうせい》をこぼした。

何度もこすられたことにより、愛液が溢れてペニスに絡みつき淫らな水音が強まる。

徐々に二人の交わりに、ぎこちなさがなくなっていくのを感じた。

「ああ、いいよアリアンヌ」

片腕で腰を抱き寄せたフレッドが、奥を目指して強く腰を振った。

その動きに合わせて、ベッドがぎしぎし鳴った。

「ああっ、あ、やぁっ、あん、んっ」

アリアンヌの身体が大きく揺れる。今や気持ちよさばかり感じているのが分かっているのか、彼は遠慮もなく感じるところを突き上げた。

「はぁっ、中が熱く絡みついてくる」

夢中になって彼が腰を動かしていることに、きゅんっとした。

「気持ちいいんだね？　アリアンヌ、教えて」

「あっ、あぁ、いい……っ、そこ、あっあ」

壁の向こうで、ヴィクトーが耳を澄ませているかもしれない。フレッドのためにも声を抑えなくていいのだ。

「ここが、君のいいところか」

「あぁっ、ん、熱くて、気持ちいい……っ」

アリアンヌは彼の下で、淫らな気持ちのままに答えた。

フレッドの剛直が一層大きさを増した。腰使いが乱れていく。

「いい声だ。もっと聞かせてくれ、アリアンヌ」

「あぁあっ、あ……！」

ずくんっと奥に押し込まれて、目がちかちかする。

彼にキスをされ、強張った舌をほぐされた。腰を回して奥をぐりぐりと刺激されると、全身に甘い痺れが広がってたまらない。

「んんっ、ふっ、んっ」

舌を絡めるキスをしながら、彼が腰を激しく振った。突き上げたままアリアンヌの片足

を持ち上げて、突く角度を変える。

少しお尻が持ち上がって、より奥に太い硬い剛直がねじ込まれた。

「はぁっ、あんっ、あ、あ、それだめっ」

蜜壺がかっと熱くなり、アリアンヌはキスをしていられなくなって嬌声を上げた。

「いいんだろう？　中が、もっとうねってきた」

腰を打ち付けるフレッドの動きに合わせて、汗と愛液で濡れた肌がぶつかるいやらしい音を立てていた。

片足を持ち上げたまま横向きになり、彼が後ろから揺れる乳房を摑む。

「あんっ、あっあ、一緒にするのはだめっ」

首の根に甘く嚙みつかれ、アリアンヌはじゅわりと蜜をこぼしてのけぞった。

あまりの快感に首を横に振るものの、フレッドは嚙んだ場所を舐め回し、汗ばんだ肌に吸い付いてくる。

「歯を立てられるのも好きみたいだ。感じやすくて、美しい身体だ」

「そ、んなこと、言わないで……あ、ああ、あ……ンッ」

彼が腰で突き上げ続けながら、のしかかるようにして次第に向きを変える。

シーツに乳房が押し潰される。じゅくじゅくと蜜壺を貫く肉棒の動きに合わせて、アリアンヌはベッドで揺らされ喘いだ。

「あ、あ、あぁ……」

　尻を持ち上げられながら背中を舐められて、ぞくぞくと震えた。

　下腹部に、またあの熱が集まっていくのを感じた。

「ここにも花を咲かせよう」

「あんっ」

　背中を吸われ、また一つ彼の熱が刻みつけられたのが分かった。

「気持ちいい？　僕もずっと締め付けられていて、理性が飛びそうなくらい気持ちがいい」

　肉厚な熱がねっとりと首を舐めてきたかと思ったら、そのまま肌に甘く嚙みつかれて震える。

「フレッド様……っ、いいの……あ、あぁっ……あっ」

　二人が高く上げた腰を密着させたまま、喘ぐ呼吸を合わせて身体を揺らす。

「君の声は腰にくる」

　奥を何度も押し上げられ、アリアンヌはたまらずシーツを握って悶《もだ》える。その手を彼が上から重ねてきた。

「あっ、ン、気持ち、いい。でもこのまま続けられたら、私、もう」

　あなたの顔が見たい。

　そう思って肩越しに目を向けたアリアンヌは、ハッと息を吞んだ。彼の目は雄の欲望に染まり、一切を逃さないと言わんばかりに彼女を見つめていた。

「僕も、君の感じる表情を見たい」

心は同じだった。

身体の繋がりは、心まで深く結ぶものだったのかと胸が熱く震える。

仰向《あおむ》けに倒されて足を大きく開かれた。腰を前後に揺らし続けるフレッドの雄部分が、じゅくじゅくと繋がっている光景は卑猥《ひわい》だった。

「アリアンヌ。僕のために、もっと乱れてくれ」

あなたの、ために。

艶っぽい吐息をもらした彼の目に、アリアンヌはたまらず手を伸ばした。

フレッドがペニスを奥へと押し込みながら、彼女に応えるように身体を重ねてのしかかり、抱き締め返す。

それからの彼は激しかった。ありったけの力で腰を振るい、身体ごと揺さぶってきた。

「ああっ、あ、あ、すご、いっ」

彼はアリアンヌの奥を突き上げながら、獣のように肌を貪る。アリアンヌも彼と一緒に一番気持ちよくなりたくて、必死に腰を押し付けた。

壁の向こうのヴィクトーのことなんて、とうに頭から消えていた。

ただただ熱く激しく、最初で最後のフレッドとの愛し合いに集中する。

「あ、あっ、フレッド様、気持ちいいっ、いいの、あぁっ」

彼に言われた通り、感じるまま伝えて身体をくねらせる。

奥に当たる竿先の感触が気持ちいい。身体が飛んで行きそうなほどの愉悦に、甘い声を響かせて啼《な》く。

「アリアンヌ、アリアンヌッ」

フレッドが一層抱き締め、律動を速める。

その激しい動きに合わせてベッドが揺れ、アリアンヌの嬌声も強まった。

「あっあっあん、フレッド様っ、私、もう……っ」

すすり泣くような悲鳴は、快楽に染まってねだるように甘い。

でも、止まれないのだ。彼を感じたい。アリアンヌはしがみつき、彼の動きについていこうと必死に腰を浮かせて揺らしていた。

「あ、あっ……イく、もうだめ、イ……んあぁぁっ」

彼の熱が子宮を強く突いた次の瞬間、奥で快感が弾けた。

「くっ、一緒に……！」

呻いたフレッドが、強く密着させ腰を震わせた。

彼自身をぎゅうぎゅうに締め付けている最中、熱い飛沫《しぶき》を中で受け止め、アリアンヌは続けざまに達した。

「あぁ……ああ……中が、熱いのでいっぱいに……」

注がれる熱に、涙が溢れてくる。

「アリアンヌ」

汗ばんだ身体をくったりと預けてきたフレッドに、唇を重ねられる。

甘い口付けに、アリアンヌは蜜壺をうねらせて彼を締め付けてしまう。彼のペニスはまだ張り詰めていて、時々精を吐き出した。

「はぁっ――君がよければ、もう一度」

唇を離した彼にかき抱かれ、耳元で囁かれた。

このまま無理やりにでも動いてもその気にさせることもできる。それなのに確認してくれている優しさに好きが溢れて、止まらなくて。

「……明日、動けなくならない程度なら」

まだ離れたくなくて、彼をきゅっと抱き締め返した。

明日は、彼の叔父を見送らなければならない。それから――きっと、二人のこれからの話も必要になる。

でも、今は考えたくない。

アリアンヌはフレッドからのキスを受け入れると、そのまま溺れるように身体を絡め合い、甘く熱い夜を過ごした。

六章

翌日、晩餐会に続いて〝運動〟もあり、少し遅めの起床を迎えた。

目覚めると身体は清められていた。寝具の中で裸体だったことには恥じらいを覚えたものの、自分を抱き締めて眠っているフレッドの寝顔が愛おしすぎた。

（……でも、これ以上望んでは、だめ）

彼を、彼が愛した人に返す時が来たのだ。

一度だけでも彼に愛されて嬉しかった。

離縁後は、この素敵な思い出を胸に実家で弟達を世話しながら過ごすつもりだ。とはいえ初めてなのに乱れてしまったことを、のちに赤面することになる。

「はっはっは、昨夜は随分お楽しみだったみたいだね。熱々のようで何よりだ」

遅い朝食で顔を合わせた際、ヴィクトーにからわれて赤面した。

フレッドが仕組んだ通り、疑いが晴れたようだ。昨日はしつこいくらい散々居座ったのに、ヴィクトーは軽く食事を済ませると、あっさり帰ると言った。

「おや、叔父上、もうよろしいのですか？」

「俺は帰るよ。お前が珍しく蜜月連休も取っているみたいだと聞いて来てみたが、妻とラブラブしてりゃ連休も当然だわな。じゃあな」

酒も飲まずとっとと出て行ってしまった彼に、アリアンヌ達はぽかんとした。

「食べてすぐ帰ってしまいましたわ……」

「突然の連休。それを不審に思って、チャンスかもしれないと目論《もくろ》んで訪問してきたんだろうな」

フレッドの言葉に、記憶喪失で外出をさせなかった期間のことが思い出された。

「あの叔父のことだ。おおかた、経営も知らないくせに酔った勢いにでも公爵の肩書きが欲しくなったんだろう」

「なるほど、それでこのタイミングに――あのお方ならやりかねませんね」

テオドールは納得した顔だった。

とすると、ヴィクトーは結婚を疑ったうえで訪問してきていたのだ。

（それもあって、私を抱いてくださったのね……）

アリアンヌは密かに胸が凪《な》いだ。けれど自分が出たあとのことを考え、恋人とは入籍しないという彼の身が心配になってきた。

「……また、何かしてくると思いますか？」

「叔父に経営主が務まるはずがない。両親も、僕が保証した売上金をかなり喜んでいる。叔父もその金にあやかっているのだから、文句は言えない。彼の集客力と協力させる押しの強さはピカ一だ。敵にするよりは『無害な味方』に置いておく方がいい」

親族の中では一番〝使いやすい〟のだと、フレッドはさらりと語った。

アリアンヌは、彼がもっとも懸念する公爵位については心配ないと知って安心する。

「それでは、これでもう問題はなくなったのでしょうか？」

「あの叔父が、ここへ来るまでに問題をバラ撒《ま》いていなければな。ことを大きくするのは得意だ」

ヴィクトーは無事に去ってくれたものの、フレッドの警戒はもっともだとも感じて、アリアンヌの中には小さな不安が残された。

「ところで旦那様、もう記憶喪失ではございませんね？」

見送りに出ていた使用人全員が館内に戻ったところで、テオドールが改まって尋ねた。

場が静まり返り、しばし緊張したような沈黙が流れた。

「――そうだ。全て戻っている」

「記憶喪失だった間のことも、覚えておられますね？」

「その通りだ」

答えたフレッドが、アリアンヌへと向いた。

その目はやけに真剣で、彼女はハッと緊張を覚えた。

「アリアンヌ、昨夜は深く話せなかった。少し出なければならない仕事があるが、それを片付けたらすぐ戻ってくる——そのあとで、話の続きをしたい」

アリアンヌは胸が締め付けられた。

(ああ、とうとう別離を切り出されるのだわ)

覚悟は、昨夜決まったはずだ。胸に手を置いて深呼吸し、答える。

「……分かりました。お待ちしておりますわ」

フレッドは頷いたが、昨日までのように手を取ってくれなかった。急ぐようにふいっと踵を返してしまう。

(あっ、行ってしまうわ……)

呼び止める資格なんてない。彼女は、伸ばしかけた手を静かに下ろした。

「テオドール、手紙が来ていたアンバー殿の書類関係は集まっているか?」

「はい、ご用意は整っております。トムをお連れしますか? 今、共に馬車に荷物を運び入れています」

「そうしよう。待たせている場所へも顔を出さないといけない。ああ、それから、場に相応しく二番の金のステッキも持っていく。準備を」

テオドールが「かしこまりました」と一礼し、動き出す。

慌ただしくフレッドの外出の支度が整えられた。

出掛ける用意が整うと、彼は御者を含め残っていた使用人達に改めて告げた。

「お前達にも苦労をかけた。あの家の事情を持ち込むまいと思った、それから身勝手な僕のせいで巻き込まれる彼女の味方になってくれればと——だが、ここ数年の僕は、余裕も欠けていたらしい」

公爵位の継承云々の件は、誰も知らなかったようだ。

「色々と訊きたいことはあると思う。だが、まずは一番に彼女に事情を説明したい。あとでお前達全員にも伝えると約束しよう」

テオドール達にもそう約束し、フレッドは出掛けていった。

妻として夫を見送ったあと、アリアンヌはテオドールに連れられ、庭園の見晴らしがいいテラス席へと座らされた。

風に当たって休憩を、とモリー達が急ぎ紅茶の支度に取りかかっている。

(見送りだなんて、記憶喪失前にはなかったこと)

あの予期せぬことがなければ、彼を知ることはなかっただろう。

フレッドが記憶喪失になったことで、アリアンヌは社交界の令嬢達と同じく、初めて殿方に憧れを抱いたことを自覚させられた。

諦めることを自分に納得させたが……恋焦がれて、胸が痛い。

「奥様、やはり見送りまではご無理がありましたでしょうか？　お身体は平気ですか？」

「え。ええ、大丈夫よ」

俯《うつむ》いたのを勘違いされてしまったようだ。アリアンヌはさっと顔を上げ、恥じらいながらもモリーに答えた。

昨夜に夫婦の営みがあったことは、起床を手伝ったテオドール達も知っていた。

シーツを替えたのは、モリー達だ。そしてアリアンヌの白い身体には、いたるところにフレッドに愛された証である鬱血痕も残されていた。

モリー達に甲斐甲斐しく世話をされ、体調を気遣われながら湯浴みから着替えまで丁寧に行われた。

今朝から出されている紅茶も、情事後に良いとされている種類のものだ。

（誰も何も言わないのは……、気遣っているのかもしれない）

アリアンヌは離縁の予定であるのに、フレッドと一線を越えて純潔を散らした。最後の思い出に、とは軽く話せる内容ではなかった。

（話せば軽蔑するかしら。でも――後悔はないの）

昨夜フレッドに抱かれた時、まるで愛されているような気持ちがした。

男女の濃密な触れ合いが、そう錯覚させたのだろう。共に絶頂を迎えた時は、全身で歓喜を覚えた。

（あれは彼の叔父に聞かせて、疑いを晴らすためのもの）

それでも情事の時の彼の言葉を思い出すだけで、アリアンヌの胸は熱くなる。

――ああ、愛しています。好きです。

離縁のための最後の思い出にするはずだったのに、余計にフレッドへの気持ちが深まってしまった。

このまま彼の妻でいたかった。アリアンヌは、苦しくてたまらない。

「きっと今日、離縁の話を切り出されるんだわ……」

思わず口にした。胸を押さえる彼女に、モリーがつられて胸が締め付けられたみたいな顔をした。

「奥様、そんなことは」

「いいえ、きっとそうよ。昨夜は……フレッド様がおっしゃった通り、深く話をすることができなくて」

お酒もあったから、二人は一時の欲情に流された。

そう思って、アリアンヌは自身の腕をぎゅっと抱き寄せた。モリー達が見守る中、テオドールがそばに寄った。

「ご事情は分かりませんが、信じていいと思います。私は幼い頃から旦那様に付いておりますが、彼はやはり私の知っている旦那様のままかと」

「それは、どういう……？」

アリアンヌは、何か分かっているかのような彼を不思議に思って見上げた。

「あの旦那様が愛人ねぇ、と当初思った件です――きっと良き方向へ行きますよ」

詳しく言わず、テオドールはとても優しく微笑んだ。

◆◆◆

出掛けたフレッドが帰ってくるまで、アリアンヌは生きた心地がしなかった。

彼のいない屋敷は、記憶喪失前までの日常に戻ったことを感じさせた。一人で歩き回るのが変な感じだった。

（でも本来は……これが日常だったわ）

彼は契約結婚の相手で、畏れ多くもアリアンヌが隣に座っていい人ではなかった。

仕事に熱心な彼が、本日にでも話そうという理由も徐々に推測されてきた。

昨夜は酒も入っていた。フレッドは冷静になって、恋人への罪悪感からすぐに離縁に動こうと考えているのかもしれない。

（彼は領民思いで、堅実で――とても誠実な人）

記憶を思い出しても、彼の手が優しかったことをアリアンヌは思い出す。女性にも冷たい、なんて社交界の評価は間違いだった。

今日にでも離縁の手続きを進めるというのなら、しっかり付き合わなくては。

(彼を困らせたくないわ。彼が望むことを受け入れるの)

彼を待つ長い間に、アリアンヌは覚悟を決めることができた。

そして午後二時、フレッドが帰ってきた。

「もう少し早く戻るつもりだったが、長引いた。すまなかった」

「い、いいえ。大丈夫ですわ」

記憶がなくなってしまう前まで、夕食前の帰宅も当たり前だった。それなのに玄関ホールで手を握られ、誠心誠意詫《わ》びられて戸惑った。

「あの、それでは、ご休憩のあとにお邪魔いたしますわね」

「一人で休憩しろと？　なぜ？」

テオドールに外套《がいとう》を取られた彼が、訝《いぶか》った顔でアリアンヌを覗き込み直す。

「いえ、だって、その、お一人の方がくつろげるでしょうから……」

「君がいないと、かえってくつろぎになんてならないよ」

フレッドが口元に小さな苦笑を浮かべた。

(それは、どういう意味？)

しかしフレッドは、早速モリーに二人分の休憩を指示した。

アリアンヌは彼にエスコートされ、サロンへと導かれた。昨日まで以上に、丁重にソファの隣に腰かけさせられる。

それにびっくりしていると、彼が気遣わしげにせっせとアリアンヌの背や肘当ての間にクッションを移動し始めた。

「あ、あの、何をなさっているのですか?」

「身体はきつくないか? 腰に痛みは?」

「え……?」

「ああ、痛みがあるのなら温めた方がいいか。ブランケットをかけよう。テオドール」

「はっ。かしこまりました。すでに用意しております」

「さすがだ。ありがとう」

昨夜の初情事のことを気にかけているのだ。

気付いたアリアンヌは、自分の膝に甲斐甲斐しくブランケットをかけるフレッドに目を丸くした。

「あの、違和感が少々あるだけで、もう痛くはないですから。それにそんなことフレッド様がなさらなくとも――」

「それともいつでも横になれるように、向こうをクッションで埋めようか? どう思うモリー。ああそうだ、僕の部屋のものをかき集めて――」

立ち上がったフレッドの服を、アリアンヌは慌てて両手で摑んだ。

「大丈夫ですわフレッド様っ、もう十分ですっ」

肘当て側と背中は、すっかりクッションで埋まってしまった。

紅茶と菓子の用意が整うと、フレッドとのティータイムが始まった。テオドール達がいったん揃って退出し、二人きりになる。

「アリアンヌ、色々とすまなかった」

ティーカップを置いたタイミングで、そっと上から手を握られてドキッとした。

(ああ、やはり昨夜のことを後悔しているんだわ)

つらそうな彼の目を見て、アリアンヌは胸が切なくなった。

「僕の勝手な家の事情に、君を巻き込んでしまった」

「いえ、フレッド様が謝ることでは……」

「いいや、一人でやらなくてはと心を頑《かたく》なにした僕が悪かった。それから、恋人がいたという話も契約結婚のための嘘だ」

「そうなのですね……えっ」

さらっと口にされた言葉に、アリアンヌは驚愕した。

「恋人はいなかったのですか？」

「それがもっとも納得させられる理由だと思ったんだ」

アリアンヌは、あの時の自分を振り返って確かにと思う。

「父の唐突な変更提案はろくでもなかった。彼は領民のことを何も考えていない。親族が集まった大宴会でその話が出た時、僕はかっとして、咄嗟に『結婚相手なら決まっている』と告げたんだ」

フレッドの顔が苦虫を潰したように歪《ゆが》む。

(ああ、『公爵家の誰かに継がせるなんて』と言った時、彼はそのことを思い出していたんだわ)

アリアンヌは、あの時に聞いた言葉の謎が全て解けるのを感じた。

「すまなかった。君に事情を打ち明けようという気持ちはなかった。……僕と同じ、嫌な思いを抱かせたくないと思ったから」

昨日、来訪したヴィクトーとのことを思い返した。

もし彼がどんな人間か初めから知っていたら、出迎えた時から晩餐会のような強い嫌悪感を抱いてしまっていただろう。

あのようなタイプの人間を、アリアンヌは今まで知らなかった。

フレッドはそういった世界を知らない子爵令嬢だと考え、配慮してくれたのだ。

「フレッド様は、お優しいのですね」

自分の手の上にある彼の手を、労わるようにもう一つの手で撫でた。

苦悩していたフレッドがハッと顔を上げ、困惑を浮かべる。

「……僕が優しい？　そんなこと、あるはずが」

「契約結婚以上の心労がないよう、私に黙っていることにしたのでしょう？　それにフレッド様は、きっと身内の愚痴や悪態でさえ、人に聞かせるお方ではないのかなとも思いまして」

フレッドが何か言おうとして、唇をきゅっとした。

図星だったようだ。アリアンヌは穏やかな声で、今になって悟ったことを聞く。

「嫁入りのための多すぎるお金と、それから父達を助けてくださったのも、罪滅ぼしのつもりで？」

「……そうだ。君には、悪いことをしたと思っている」

フレッドが俯く。

これから掛ける迷惑を許して欲しい――あれは彼の償いだった。けれど今も、罪悪感に苦しめられているのだろう。

だから彼は、猶予も置かず離縁を望んでいるのだ。

（そう、よね。そんな暮らしから解放されたい、わよね……）

恋人がいたというのは嘘だったが、契約結婚をしたのは事実だ。

アリアンヌは、彼のためにも悲しみをこらえなければならないと思った。フレッドが望む通りに、離れなければ。

「大丈夫ですわ。私、あなたにひどいことはされていません。私はとてもよい暮らしをさせてもらいました。……それで、十分ですわ」

契約結婚を申し出てきた時から、フレッドに最大の思い遣りで一時的な妻として迎えられていた。

初めからずっと、気にかけてもらえていた。その気持ちで、もう、十分幸せだ。

――だから、言わなければ。

身が引き裂かれる思いで、彼からそっと手を離した。

「……ですから私のことは気にせず、どうか、あなたが望む相応しい女性を公爵夫人にお迎えくださいませ」

フレッドが、離れていくアリアンヌの手を素早く摑んだ。

「それはどういうことだ?」

「予定通り、私との離縁を進めてくださ――」

「そんなことはだめだ!」

突如響き渡った大声に、アリアンヌは身を竦めた。

こんなにも大きな声を出されたのは初めてだった。気付いたフレッドが「すまない」と詫び、彼女の手を甲斐甲斐しく包み込む。

「心から謝ろう。だから、出て行くなんて言わないで欲しい」

「フレッド様……？」

「君がここから去って行ってしまったら、僕は、きっと呼吸もできない」

そう口にするフレッドは、心から苦しんでいる顔だった。

「どう、して」

悲痛な目で覗き込まれたアリアンヌは、翡翠色の目を揺らす。

「君を愛してしまったからだよ。こんなにも美しい女性は初めてで、初めて対面して驚いた。契約結婚を持ちかけることに、とても罪悪感を抱いたよ」

君は美しい、そう何度も記憶喪失の彼に言われたことを思い出した。

「事情があったので、僕は一生懸命自分の心に歯止めをかけていた。だが、それを忘れると――恋に落ちるのはあっという間だった」

予想外の言葉に、アリアンヌは呼吸を忘れた。

「何もかも失われて数日もせず、僕は君と恋に落ちてしまった。言葉も、行動も、一緒にいたがってキスをしたのも、全て僕自身なんだ」

フレッドが唐突に腰を上げた。

ソファに座るアリアンヌの前で片膝をつき、騎士のごとく手を取る。

ない。

「ふ、フレッド様？　いったい何を――」

「アリアンヌ。君に、プロポーズをさせて欲しい」

真剣なサファイヤの美しい瞳に射抜かれ、アリアンヌは言葉が詰まる。

まさか、と思った。話す時まで想像していたこととは正反対の現状に、理解が追い付かない。

「この先も、ずっと僕の妻でいて欲しい。どうか、僕の全てで君を愛し続けさせてくれないか？　この命が互いに終わってしまうまで、ずっと」

嬉しくて胸が熱く震えた。

彼は心から愛して、アリアンヌを抱いてくれた。昨夜、錯覚しそうになった情愛は気のせいではなかったのだ。

「……私、ここにいていいんですか？　あなたの妻で、居続けていいの？」

「もちろんだっ」

夢だったらどうしようと思って震える声で確認すると、フレッドが手を包み込み必死な声でそう答えてきた。

「夫婦のままでいていいんだよ、アリアンヌ。僕は――君の夫で居続けたい」

心から絞り出すような声だった。

喜びの直後、込み上げた安堵感にぽろぽろと涙がこぼれ落ちた。

「――嬉しい。嬉しいです」

彼は愛を育んだので、アリアンヌを妻にしたいとまで告白してくれたのだ。

「愛しいフレッド様に、望まれて、嬉しい」

涙する彼女に戸惑いを浮かべたフレッドが、ハッとした顔をする。

「アリアンヌ、まさか君は……」

「私、深く知るようになったら、一層あなたに惹かれてしまったんです。気付いた時には恋心を抱いていて……昨夜は気持ちが抑えられず、あなたと本物の夫婦になりたくて、離縁される身で初めてを」

涙を拭いながら必死で伝えていたアリアンヌは、次の瞬間、手を強く引っ張られてフレッドの口の中に声が消えていた。

「んっ……ン……ふ」

キスは、いきなりなのに激しかった。

だが彼はアリアンヌの声が甘くなったのを聞くと、こらえるように止めて口を離した。

「アリアンヌ。君の今の言葉が、どれほど僕を喜ばせたのか分かるか？」

肩を抱かれたアリアンヌは、覗き込んでくる彼を目にして、もう真っ赤な顔でこくこくと頷く。

フレッドのサファイヤの美しい瞳には、昨夜見た情熱が宿っていた。

彼は、今にも身体を繋げてしまいたいのを、アリアンヌの身体を思えばと我慢するような悩ましい表情をしている。

「――このままキスをしたら、我慢できなくなるな」

ふっと苦笑をもらしたフレッドが、アリアンヌの目尻に浮かぶ涙を吸った。

「あっ、フレッド様」

「このくらいは許して欲しい」

別にだめだとは思っていない。ただ、とても恥ずかしいだけで……。

「あ……ン」

フレッドは、頬や目尻に忙しなく唇を押し付けてくる。

頬を伝い落ちた涙の量は少なくはないのに、舌で全て拭っていく。肉厚のねっとりとした熱を感じるたび、アリアンヌの身体はぴくんっと反応した。

「ああ、昨夜で僕の温もりを覚えてくれたのか。なんて愛おしいんだ――僕の美しいアリアンヌ」

彼の低い声だけで、背筋に甘い痺れが走り抜けた。

アリアンヌは、彼が言った言葉の意味を自分の身体で思い知った。下腹部に熱が集まる感覚がして、つい足をすり合わせる。

「――夜に見て、大丈夫そうなら可愛がろう」

涙を舐め取るフレッドが、アリアンヌの太腿の付け根あたりを、ドレスの上からあやしげに撫でた。

何を言われているのか理解できて、ときめきながら真っ赤な顔で頷く。

「話がまとまったことを、みんなにも報告する。それから、私室も同室にするための作業にも早速取りかからないと」

フレッドが、アリアンヌの手を優しく引いて共に立ち上がった。

「まぁ、フレッド様ったら。書類が溜まっているのでしょう？」

仕事そっちのけでするつもりらしいと分かって、彼の手で背を支えられ一緒になって歩き出したアリアンヌは目を丸くする。

「こんな時に、溜まっている仕事に熱中していられない」

仕事熱心はどこへいったのか。

アリアンヌは彼の新たな一面と、そして全員での大引っ越し作業になりそうな本日を思って、笑ったのだった。

◆◆◆

その日以降、フレッドの主寝室は夫婦の寝室となった。

そして翌日いっぱいをかけ、彼の私室はアリアンヌと過ごすための共同の私室へと生まれ変わった。

書類や仕事道具といった殺風景な風景からガラリと変わり、休憩のためのセット、アリアンヌと読書を楽しむための本棚も設置された。

そして二人は、夫婦としての再スタートを切った。

その日から、遅れた蜜月のような時間を過ごした。庭園を気晴らしに歩きながらなんでもないことでも語り合い、着飾って町へのデートをした。

彼の仕事の合間に休憩を挟んで、彼女が焼いたクッキーを一緒に食べる。したくなったらキスをし、時には共同の私室でそのまま短く繋がることもあり、そして夜は夫婦として甘く熱い時間を過ごす。

恋し合った新婚の日々のようで、一週間はあっという間だった。

朝目が覚めると、幸せそうにこちらを見ているフレッドの顔が目に入るのには、まだ慣れないでいる。

「……起こしてくだされぱいいのに、また眺めていたんですか？」

記憶喪失だった時も、実は先に起きて眺めていたらしい。気付かないアリアンヌのことも楽しんでいたのだとか。

「美しくて、愛らしくて、つい眺めてしまうんだ」

頬を甘く撫でてきたフレッドに、アリアンヌはかぁっと赤くなる。

先日にも打ち明けられたことだけれど、心からアリアンヌを『美しい』と思っているフレッドの正直さが、かなり恥ずかしい。

「君は自分が美しいという自覚がないのが、問題だな」

「ふ、フレッド様が麗しいから……」

「君を前にしたら、僕なんて、君という女神が選んでくれるのを必死に待つ男の一人だよ」

口がうまくて憎たらしくなる。

そう言っている間にも、寝具の中で流れるような動きで彼がアリアンヌの上になった。

「フレッド様、もう窓の向こうも明るいですし」

お腹《なか》に当たる硬い熱に気付いて、アリアンヌは恥じらいに目を伏せる。

「テオドール達がもう来るかもって？　少しは配慮してくれるよ」

「あっ……ン」

彼が指を絡めて手を握り、唇を重ね合わせた。

アリアンヌは彼に応えるように、首の後ろに腕を回した。寝具の内側でごそごそと動く彼に協力して、身体を揺らし——そして二人はまた繋がった。

キスに喘ぎ声を隠しながら、フレッドが腰を動かす。

衣擦れの音を聞きながら、アリアンヌは一緒に穏やかな快楽に身を委ねていた。

体温を感じ合うような緩やかな動きは、やがて大胆になる。絶え間なく妻の膣奥へ愛を打ち付ける夫の情交の音が、夫婦の寝室を満たした。

「ふっ、ン――んんんぅ！」

そしてアリアンヌは、膣奥で愛しい人の精を受け止めた。

（このまま、幸せが続くのかしら……）

幸せすぎるせいで、アリアンヌはかえってある不安事が浮かんできた。

それは、先日に訪れた叔父のヴィクトーのことだ。

あの時フレッドは、『ここへ来る前に余計なことをしでかしていなければ』という言い方をした。彼を思うと、アリアンヌも言いようのない不安感を抱いた。

その予感は、二週目に入ってから明らかになった。

「まさか、先に父に接触していただなんて……」

父から手紙をもらったアリアンヌは、倒れそうになった。

ヴィクトーは味方につけようと考えたのか、どうやら訪問前にアリアンヌの父に接触していたようだ。

社交の場で彼に話しかけられたという父からの手紙には、契約結婚ではないのかと遠回しながら憶測が書かれていた。あれからずっと社交界で噂を聞き集めているが、新婚話がないのを心配しているようだ。

「ど、どうしましょう。父がこんなにも疑っているだなんて……」

「叔父は口だけは達者なんだ。彼のやり口からすると、同じ時期に何人かに噂話《うわさばなし》を撒いた。そして君の父上が、叔父に同じことを聞かされた話を男達からも聞いた、という流れだろう」

確かにアリアンヌは契約結婚だった。

見合いをした際、それを黙っていた後ろめたさから胸がぎゅっと痛んだ。

「――さて、どうしたものか」

緊急会議のように集まったサロンで、フレッドが考える。

するとテオドールが、すぐ思い付いて意見した。

「旦那様、モニック子爵が核心に迫ろうと考えているのなら、今週の夜会にも出向かれるのでは?」

その夜会は、秋の社交シーズンで一番大きいものだ。王宮で開催され、情報交換や収集にはもってこいの集まりでもあった。

フレッドが「なるほど」と顎を手で撫でた。

「さすがテオドールだな。そういえば招待状が届いていたか」

「旦那様は、仕事の利がないと判断されるとすぐゴミ箱に放り込もうとしますからね。いつも通り、私が保護しております」

生真面目なテオドールの口から『保護』というジョークが出たのがおかしくて、アリアンヌは笑った。

数年前は、このように言葉遊びもよくしていたらしいとは聞いた。

若い使用人達も、アリアンヌにつられたみたいに後ろで緊張を緩めて笑っていた。

「ならちょうどいい、今回の夜会に参加しよう」

「えっ」

アリアンヌは、驚いてフレッドを振り返る。

「叔父が今後、同じように爵位が欲しくならないとも限らない。それが次の夜会で綺麗に潰《つい》えるとしたら、君も安心だろう？」

「え、ええ、そうですが」

「ならば公爵夫人デビューだ、アリアンヌ。よければ僕と夜会デートをしてくれ」

フレッドが幸せそうに微笑んで、手を差し出した。

「僕は君と夫婦としていずれ社交に出たいと、心まで結ばれた日からずっと思っていた。僕は美しい君を妻にできたこと、そして僕らの仲睦《なかむつ》まじさをみんなに見せたい。今回の夜会で、叔父の狙いも君の心配も一気に解消だ。どう？」

フレッドの想いが、嬉しい。

魅力的な明るい笑顔に、アリアンヌは不安も吹き飛んで彼の手を取る。

「はい。ぜひ、デートしてくださいませ」

「ありがとう」

にっこり笑う彼が、愛おしい。

（不思議……フレッド様といれば、なんでもできる気がするわ）

その日から、慌ただしい日々が始まることになった。


そして、ようやく週末を迎えた。

本日王宮で開催される夜会に急きょ参加することになったアリアンヌは、緊張して身支度の時を迎えた。

あのあと調べて、父も単身夜会に参加することが分かった。そこでフレッドの作戦が実行されることになり、公爵夫人としての社交デビューが決行されることになって、今日までに急ピッチで準備を進めてきたのだ。

「私、立派にやれるかしら……」

「奥様なら大丈夫ですわ。とてもお綺麗です」

モリー達は大変褒めたが、アリアンヌは姿見を確認し胃がきゅっとした。

こんな豪華なドレスなんて着たことがない。白銀のように輝くドレスは、胸元から肩のギリギリのラインを上品な広幅の襟で目立たされている。大きく開いた胸元を飾るのは、ダイヤの装飾が輝く金のネックレスだ。

スカート部分の絹と重ねられたフレッドの髪色の布の層も、かなりゴージャスで高級感が溢れた。赤栗色の髪は美しく結い上げられ、ドレスから半ば見えている背中のラインを美しく見せた。

「ドレスはたくさんあるのですから、着ないと損ですわ」

「そうだけれど……耳のイヤリングも、少し派手すぎないかしら？」

「大変お似合いですよ。髪飾りと合わせて上品に添えられて、重い感じもないかと」

目立たせすぎだと感じているのは、アリアンヌだけであるらしい。

（衣装を着こなせていないあまり美人でもない妻、とフレッド様に迷惑をかけなければいいのだけれど……）

愛される喜びをその身に受けてから、一層色っぽさも増して美しくなったアリアンヌは、飾り立てられた姿を自信なく眺めていた。

何より、この夜会で父を安心させられるかどうか緊張している。

「……でも、嬉しい」

フレッドと共に、社交場へ足を運ぶことができる。

アリアンヌは、赤くなった頬を両手で押さえた。妻として、初めて彼と同伴出席できることは嬉しい。

彼が思ってくれていたように、彼女だっていつの日か彼と、と望んでいたから。

「ふふっ、よかったですね奥様！」

若いメイド達も嬉しそうに笑い、早速部屋から移動させようとした。

だが、待ちきれず夫がまたしても突入してきた。

「モリー、もういいか？」

身支度を終えたのを廊下で聞き取ったのか、掛け声と共に、フレッドが扉を開けて入ってきた。

「まぁ、旦那様。あなた様はまた」

モリーは目を瞠ったが、すぐフレッドが手で制した。

「言いたいことは分かっている。僕も、恋した男の気持ちがよくよく身に沁みているところだ。どうしようもなく、できるだけ早く妻の顔が見たくてたまらなかった。これくらいは許せ」

堂々正直に告げたフレッドにモリーは目を丸くしたし、他のメイド達はひゃあと小さな声で騒ぎ出す。

その真ん中に立たされたアリアンヌは、恥ずかしくてたまらなかった。

礼装したフレッドは雰囲気も引き締まり、魅力が増して輝かんばかりだった。

金髪は顔が見えるようセットされ、赤味が混じった大胆な濃い色の衣装を見事着こなしている。ジャケットの柄に合う装飾品も彼にぴったりだ。

「僕の妻は、世界で一番美しい」

モリーがアリアンヌを前へ進めると、フレッドが甘く微笑んだ。

「フレッド様ったら……あなたこそ、世界で一番魅力的な夫ですわ」

頰を薔薇色に染めながらも伝えると、彼の目が嬉しそうに笑った。

「今日は君のためにも、君に恥じない夫として頑張ろう。君の方からキスをしてくれたのなら、女神から祝福をもらった気持ちで成し遂げられてしまえそうだ」

フレッドが悪戯な笑みで覗き込んでくる。

安易に、欲しい、と言っているのだ。

「なら……化粧が落ちない程度で」

アリアンヌは頭を寄せてくれた愛おしい夫の唇に、恥じらいながらもそっと自分の唇を押し当てた。

フレッドは、とても満足そうだった。馬車の支度が整ったと伝えに来たテオドールも、モリー達と一緒になってその様子を嬉しそうに見ていた。

「こうして社交に出席する奥様と旦那様のお支度ができるとは、夢のようです」

「大袈裟よ」

感涙したテオドールに、アリアンヌはまだ頬が赤いままはにかんだ。

「いーえっ、それくらい喜ばしいことですわ！」

「観劇のデートとかも、これからどんどんやってくださいね！」

「旦那様ったら、結婚後も奥様に着せるのを妄想してドレスもどんどん注文していたというんですから。これからご衣装を着せていくのも楽しみです！」

若いメイド達も楽しげに言ってきた。

「僕もそれを見るのが楽しみだ。君ほど、何を着ても僕の心を震わせる女性はいない」

「フレッド様ったら……」

けれど彼が楽しみだというのなら、アリアンヌも嬉しくて着るだろう。

隠し事も一切なくなった日から、夫婦生活も良好すぎるくらいだった。ただ、公爵夫人として作法やダンスの見直しに集中して、今日までベッドでの激しい〝運動〟はおあずけだった。

フレッドは堅実な見た目に反して、性欲が盛んだった。

一回精を吐き出しただけでは収まらず、アリアンヌも体力が許す限り付き合っていた。

そんな彼が、今日のために我慢して夜は勉強に付き合い、アリアンヌにせいいっぱい準備の時間をくれたのだ。

（成功させなくては）

すぐにでも、父の心痛の種を消してあげたい。

それをフレッドも分かってくれての案だったので、頑張りたい気持ちは十分だった。

「君は美しい。きっと夜会の話題の中心を攫うだろう」

馬車に乗り込む前に、フレッドはアリアンヌの指先にキスをしてそう告げた。

――話題になること。

それは、今回の作戦で必要なことだった。着飾られ、最高のパートナーが付いているものの、自分の容姿を思ってアリアンヌは不安だ。

「それは……大袈裟ですわ」

「大丈夫、僕に任せてくれ。君をロードベッカー公爵夫人として、夜会の主役のごとく引き立ててみせよう。そして、いずれ聞くだろう叔父も悔しがらせる」

それはアリアンヌも、とってもしたい仕返しだった。

「はいっ、私も頑張りますわ」

彼といれば、アリアンヌこそなんでもできそうな気がした。

◆◆◆

王宮で開催された夜会には、大勢の貴族達が集まっていた。

広々とした会場は眩しいほどに照らし出され、そこはまさに社交界の華だ。

アリアンヌは、フレッドにエスコートされて入場した。一気に多くの人々の視線が集まり、緊張する。

（さすがはフレッド様だわ……）

こんなに素敵なドレスで、大胆に着飾ったのも生まれて初めてだ。似合っていないと思われたらどうしよう、と不安になる。

すると腕から緊張を察したのか、フレッドがそっと頭を寄せてきた。

「──大丈夫。君は、夜会で一番人の目を集める女性になる。僕の自慢の妻だ」

艶っぽい低い声は、初心な恋心のようにアリアンヌをときめかせた。緊張なんて、あっという間に押しやってしまう。

「ありがとう、フレッド様」

彼の自慢の妻、の言葉だけで彼女の背筋もしゃんと伸びた。

「どういたしまして。そのままくっ付いているといい」

「いいのかしら……？」

「新婚の夫婦なのだから、構うことはないさ」

新婚期間は過ぎたけれど、二人にとっては二週間前からが新婚みたいなものだ。

結婚したての少女みたいに心は弾み、アリアンヌは彼の腕を抱く。フレッドは優しい夫の顔で、彼女の手まで握った。

頬を薔薇色《ばらいろ》に染め、仲睦まじげにフレッドと寄り添い歩くアリアンヌの姿は、一心に愛される初々しく幸せな雰囲気に溢れていた。

「なんと美しい夫人だろうか」

「フレッド・ロードベッカーがなかなか外に出したがらないのも分かるな。新婚期間も、妻を独占して愛《め》でていたんだろう？」

「追加で蜜月まで取ったとか。ほんと熱烈だったらしい」

大注目を集めたアリアンヌは、周りから聞こえてくる数々の声に驚いた。

夢みたいだと思う。結婚する前、大勢の女性達に目を向けられ、そうやって囁かれていたフレッドを見掛けた。

それなのに今、同じ場所で、誰もがアリアンヌをうっとりと見てくるのだ。

「それくらいに君は美しいことを、ようやく実感してくれたかな？」

フレッドに悪戯っぽく笑いかけられて、胸がきゅんっとする。

（ああ、私こそ彼が好きすぎるんだわ）

身体の奥が熱くなったのは、この数日営みがなかったことを、アリアンヌこそ我慢しているせいだ。

美しいなんて分からないが、誰もがフレッドの妻として受け入れてくれている。

それだけは分かって、口元が緩んでしまいそうなくらい嬉しい。

「新婚期間のこと、そんな噂が立っていたんですね」

はぐらかすように尋ねた。

「記憶喪失の間を叔父が疑っていたから、それを払拭するのも含めて、一部この日のために僕が噂を流させた」

さすがはフレッドだ。行動が早い。いつの間にそんなことをしていたのか。

「さあ、より注目度を上げよう——用意はいいかい?」

「はいっ、いつでもっ」

耳元で内緒話のように囁かれ、一緒に密かな悪戯に取り組んでいるみたいなワクワク感が込み上げた。何より、彼とならば胸は躍る。

まずは主催者である国王陛下へ挨拶に向かった。

それからフレッドが社交をしている相手達に、仲睦まじさを意識してにこやかに言葉を交わしていく。

「幸せそうで何より。お父上もさぞ喜ばれるでしょう」

「夫人はお会いになられました?　実は、今日参加すると聞いていましたのよ」

「おや、それは偶然だ。ねぇアリアンヌ?」

「そうだったのですね。嬉しいですわね、あなた」

わざとらしいフレッドの掛け合いに、アリアンヌも楽しくなってきて調子よく返した。

「ロードベッカー公爵、それなら私の方で声を掛けておこう」

それは、フレッドとアリアンヌが待っていた言葉でもあった。話題になったことに加えて、確実に父へ参加を教えられるだろう。

「ああ、それは有難い。妻とそろそろ踊りたくてたまらなくてね」

「ふふっ、早速踊りたいでしょうから、わたくし達も引き留めませんわ」

にこやかに見送られ、二人揃って礼を告げてその場をあとにする。

「フレッド様。私、今夜踊れるのが本当に楽しみだったんです」

ダンスフロアに向かいながら、アリアンヌはこそっと打ち明けた。フレッドにエスコートされる彼女の足は、ここ一番弾んでいた。

「僕もだよ」

フレッドが秘密めいた甘い声で言って、絡められた腕に優しく手を添えた。

そして、予定していた通りダンスフロアの中心に出た。

そこは会場から一番見えやすいうえ、注目も集める場所だ。その中でもっとも位が高いのがフレッドだったのか、向かい合うと共に楽団の指揮者が優雅な宮廷音楽へと変えた。

「それでは、お相手願いますか？」

「はい。喜んで」

胸は初恋の乙女のようにときめき、アリアンヌは緊張も忘れて夢見心地で見目麗しい人の手を取った。

フレッドはアリアンヌの背を支え、その手を愛おしげに導きステップを踏み始めた。

彼とのダンスは素晴らしく、まるで夢のような幸せな時間をアリアンヌに与えた。

まるで二人、天国の湖の上でワルツを踊っているみたいだった。予定していた高度な大技への緊張も感じなかった。

フレッドの合図と共にリードを任せ、ダンスフロアの中心を贅沢に使って大技を披露した。練習した甲斐があって、リズミカルなステップまで決めることができた。

その途端に、周りから歓声が上がって両陛下からも拍手が贈られた。

（ああ、なんて幸せなのかしら）

フレッドと、みんなから祝福を受けてダンスを踊っていることが夢みたいだ。三曲踊り通しだったので息は上がったが、終わった時には心地よい達成感に包まれていた。

夫婦息ぴったりのダンスを、人々は絶賛し拍手喝采を送った。

夫は溺愛し片時もそばを離さず屋敷でも踊り通しだったのだろう、と冷やかしのような絶賛の声まで飛んだ。

「とても素晴らしかった」

拍手に軽く手で応えながら、歩き出したフレッドが息を整えつつ耳打ちする。

「私も幸福な時間でした。フレッド様のおかげですわ」

アリアンヌは、肩を抱いて支えてくれる彼が愛おしくて身を寄せた。フレッドは彼女の額にたまらず口付けを贈ると、周りへ目を向けた。

「僕の妻は少しお疲れのようだ。本日は、僕の妻へのダンスの申し込みは遠慮して欲しい」

その瞬間、ダンスフロアを見守っていた貴族達がドッと沸いた。

「ははは！　相当妻が愛おしいのだろう」

「踊らせる気もないくせに、いいぞロードベッカー公爵！」

「あの堅物君が最高だ！　我が友人よ、今度しっかり話を聞かせてもらうぞ」

フレッドの仕事仲間だという王宮勤務の男達も、激励を飛ばしていた。

評価も上々だった。しかも両陛下からワインの差し入れを騎士が持ってきた時には、アリアンヌは驚いた。

「本日一番だと思った者に、こうしてグラスが届けられるんだ」

「それは、とても嬉しいですわね」

二人は笑い合い、ダンスの成功を密かに祝った。

ワインは格別なほど美味しかった。しかし徐々に緊張が高まっていて、アリアンヌは酔えるほどの余裕はなかった。

──最後のメインイベントだ。

フレッドが立てたシナリオ通りだと、そろそろ父が来るだろう。

これだけ派手に注目も受けたので、場所を移動したことだって見ているはず──。

（あ。来たわっ）

人々の中から現れた懐かしい優しげな顔に、アリアンヌの胸が弾む。

「アリアンヌ、とても元気そうだね。ますます綺麗になったんじゃないか？」

「お父様！　いらしていたんですね！　嬉しいわっ」

アリアンヌは、結婚式以来となる父との再会を喜んだ。この時ばかりは許されるだろうと思って、抱き着く。

父は困ったように笑いながらも、同じく嬉しそうに抱き締め返してくれた。

最後に見た時より肌の色も良くなり、少し肥えもしたようだ。手紙のやりとりはしていたが、取り寄せている菓子が美味しくて息子達とついつい食べてしまっているのだと、アリアンヌは直接父の口から楽しく聞いた。

「ロードベッカー公爵も、お元気そうで何よりです」

「そちらの領地の話も耳にしていますよ。順調そうで良かった。冬支度も問題なく進みそうですね」

「気にかけてくださり、本当にありがとうございます」

熱く握手を交わした父が、照れたような顔で礼を述べた。

「そういえばお父様、手紙の内容が少し変で心配に思っていたのです。どうかされたのですか？」

アリアンヌは、内容が何を差しているか分からなかったという顔で切り出した。

「いや、すまない。何、私の勘違いだったんだ。気にしないでくれ」

父は肩すかしでもくらったみたいな顔で笑った。よくある面白く作られた噂だったのに私ときたら、と照れながら呟いていた。

アリアンヌは、父の安心する顔を見て嬉しくなった。

今は、契約でもなく、フレッドと幸せな夫婦の暮らしを送っている。その姿を父に見せられたことも幸せだった。

「お前が幸せそうで良かった。ダンスも、とても楽しそうだったね。いつも踊っているのがよく分かる」

「はい、幸せですわ」

これからは、数えきれないくらい彼と踊っていくだろう。

社交界、それから練習がてらステップの練習を付き合ってくれたみたいに、屋敷でも気の向くままに彼とダンスをする予感がした。

「楽しそうに踊っているお前を見て、お前の母を思い出して涙が出そうになったよ」

「お母様？」

「ああ。彼女は『愛した人とのダンスは格別だから』と言って、婚約期間の時も、それはそれは喜んで楽しそうに踊ってくれていたんだ」

――知っています。

父の話に水を差せなくて、アリアンヌは心の中でそう相槌を打った。

病で倒れたあとも、母は父との素晴らしい出会いから結婚まで、何度も話し聞かせてくれた。あなたも愛する人を支える立派な妻になりなさい、と教えられ続けた。

叶わない夢、だと思っていた。

けれどフレッドと出会い、そして心から初めて惹かれ合って愛した。

「モニック子爵、よろしければ娘さんと踊って行かれますか？」

フレッドが肩を抱き寄せ、アリアンヌを示してそう言った。

「いえ、まだまだ蜜月期間のようだとは伝わりましたから、今日のところは遠慮しておきましょう。彼女も、今はあなたと過ごしたいでしょうから」

アリアンヌは、父にそんなことを言われて頬が赤くなった。

(早く、フレッド様を独占したい)

そんな想《おも》いは、父にはバレバレだったらしい。王宮の夜会は素晴らしいもので、出されている料理も音楽も最高だった。

しかしアリアンヌは、彼と二人で過ごしたくてたまらなくなっていた。

この成功を、早く二人で喜び合いたい気持ちが頭を占めている。

フレッドも同じ気持ちだったのだろう。肩を抱く手の力強さから『早く二人になりたい』、『会話を独占したい』……そう伝わってきて胸はどきどきし続けている。

父に別れを告げ、二人でその場をあとにした。

そのまま会場を出る。集まりの賑やかさが遠のくと、アリアンヌとフレッドはたまらず噴き出してしまった。

どうにか笑い出すのは我慢した。だが、馬車に乗り込んだらもうだめだった。

その瞬間に彼がアリアンヌをぎゅっと抱き締めて、一緒に座席へ倒れ込むように座って笑い声を響かせた。

「ははは、期待以上の大成功だった！」

珍しい大笑いを見せたフレッドが、馬車の御者席側にノックで合図を出す。

「ふふっ、私もとても楽しかったです。父もすっかり安心してくれて良かったです」

好きになった夫と、喜びのまま言葉を交わし合った。

動き出した馬車の中、フレッドとぎゅうぎゅうに抱き締め合って、成功を祝ってたくさん話をして笑い合った。

けれど気持ちは収まらず、どちらともなくキスをした。

それをきっかけに、二人の会話は途切れ夢中になって唇同士を触れ合わせていた。

「はぁっ、ン、フレッド様」

「アリアンヌ」

足りない。もっと、触れ合いたい。

熱はぐんぐん上がり、二人の動きも大胆さと激しさを増した。

気付けばアリアンヌは、彼にまたがって自分からキスをしていた。フレッドが背を支えながら、背中から腰元までを撫で回す。

「んぅ、ん……んん」

馬車がガタンッと揺れ、振動で下腹部がぞくんっと痺れて唇が離れた。

「はぁっ。アリアンヌ、上手だったよ」

尻の部分をあやしく撫でるフレッドが、彼女の股を自分の腰の上にこすりつける。

「あっ……」

硬く主張した突起が触れて、彼女は恥じらいの声をもらした。

こすれた花園が反応して、奥がじんっと疼いた。

「すぐにでも君の中を感じたい」

熱を帯びた声に囁かれて、下腹部がきゅんっとする。

今日のために、昨日も一昨日も夜の運動はおあずけだった。アリアンヌの秘められた場所も、数日ぶりに彼に愛されたがってたまらないでいる。

「……私も、です。でも今夜は……特別な夜にするとお話ししていたでしょう？」

「ああ、その通りだ」

フレッドが唇を寄せてき、アリアンヌの唇をしっとりと塞ぐ。

だから、ここではキスだけで――二人は互いに触れ合いたい気持ちを抑え、車内で長らく甘いキスを堪能した。

◆◆◆

帰宅後、アリアンヌはメイド達に丹念に身体を清められてケアをされた。そして特別に選んだナイトドレスを着て、寝室で夫を待った。

ナイトドレスは、大胆にも太腿が見えるものだった。

胸を覆う薄い布は、紐《ひも》で結び合わされているだけで、つんっと主張する頂きの色がうっすらと透けて見える。

「ちょっと大胆だったかしら……」

いかにも、私を食べて、と言っているようでベッドの上でそわそわしてしまう。

座り込んだ太腿に、直に上質なシーツが触れるのも落ち着かない。

と、不意に扉の開閉音がして、ハッと振り返った。

「これは——随分美味しそうだね」

向かってくるフレッドが少し目を丸くして、それから満足感を味わっているみたいにゆっくり艶やかな笑みを浮かべる。

やっぱり『食べて』と見えるのだ。

アリアンヌは真っ赤になった。

「あ、あなたの好みが分からなくて。その、たくさんあるナイトドレスの中から選んだんです。も、もし好みでなかったのなら着替えて——」

「君が着てくれるのなら、なんだって最高の好みになるよ」

歩きながら、フレッドが羽織っていたナイトガウンを足元に落とした。

袖を通しただけのシャツはボタンが留めておられず、彼のたくましい肉体美が覗いてどきどきする。

「僕のために用意された、極上の女神みたいだ」

ぎしり、とベッドを揺らして彼が上がってきた。

「じっくり見てもいい？」

「ええ、いいわ……」

そのために着たのだ。

アリアンヌは、胸元を隠していた手をそろりと下ろした。

今夜は、二人がしなかった初夜を再現した。湯浴みから身支度までその通りにされ、ベッドサイドテーブルには精力が付くとされている気付けの祝い酒と、水、疲労回復用の飲料も用意されていた。

フレッドは、言葉通りじっくり見つめてきた。

胸の谷間を頼りなく引き結んでいる結び紐、半ば肌が透けている布の凹凸の隅々にまで視線を滑らせていく。

その目が、最後は丈の短い裾から覗く白い太腿を辿った。

「ああ、とてもいいね。君が着ているからこそ、いやらしくて僕を興奮させる」

フレッドの手が伸びて、アリアンヌの肩を摑んでそっと横たえた。

「もっと見せて」

シーツに赤栗色の髪を広げたアリアンヌは、上がってしまった裾を太腿へ引っ張りながら、羞恥心いっぱいの顔で頷く。

フレッドが、肌触りの良いナイトドレスを指で撫でた。

面積の少ない布から伸びたアリアンヌの白い腕へ指先を滑らし、胸元の紐を焦らすように揺らす。そこから腰のラインを辿ると、足へと大きな手を滑らせて撫でた。

「ここも、とても触り心地がよくて綺麗だ」

「んっ。そこは、布じゃなくて素肌です」

フレッドがアリアンヌの片足をゆっくり持ち上げ、キスをした。

「ああ、なんて舌触りがいいんだろうね」

ぬらりと舌が這い、アリアンヌは震えそうになった吐息をこらえた。舐めていく彼は、どんどん上へと向かってくる。

女性らしい線を描く太腿を、不意に彼が甘嚙《あまが》みした。

「はぁんっ」

じんっと走った鈍い痛みと共に、快感を覚えて背がそった。

じくりと下腹部に熱が起こる。フレッドは気付いて、わざと付け根近くを丹念に舐めて吸い付いてきた。

淫らな気持ちが、徐々に込み上げてアリアンヌの花園を疼かせた。

そこは、彼に早く触れて欲しいと、薄い布越しにひくひくと蜜口を広げ始めている。

「フレッド、さまぁ」

たまらず腰を揺らすと、フレッドが素早くアリアンヌの足を大きく広げさせた。顔を埋めて、下着にちゅっちゅっちゅっと吸い付く。

「ひぅっ」

「焦らしてどろどろにしてやろうかとも思ったが、すまない、今夜は僕の方も我慢がきかない」

彼が熱に悩まされた目で、ひくんっと布越しに震えた秘裂をじっくり見つめる。

「君のここを味わいたくて、たまらなかったんだ」

そう言って、再び薄い布越しに吸い付いてきた。自分の唾液で布を湿らせると、味わうようにむしゃぶる。

「ああっ、あ、だめっ」

性急な刺激で、腰がびくびくっとはねた。

ずっと欲しがっていた刺激だったから、今のアリアンヌには強烈だった。

「もう濡れてる。これは要らないだろう」

「あっ」

フレッドが下着を取り去ってしまった。

膝の後ろに手を入れられて、押し開くように開脚された、そのまま直に秘部を舐めしゃぶられ、強い快感にアリアンヌの恥じらいも秒で吹き飛んだ。

「あぁんっ、あっ、あぁ、やぁ」

快感が走り抜けて、腰の揺れが止まらない。

かっと熱くなって蜜が溢れてくる。フレッドは一番敏感な芽を口に含み、うねる膣内へも舌を伸ばした。

「急に、んんっ、激しくされたら、私……っ」

馬車でも我慢していた。

その時の快楽の欲求が早急に蘇り、ぐぅっと腹部から込み上げてくる。察したように、フレッドが音を立てて激しく蜜を吸った。愉悦が奥まで響き、アリアンヌは軽く達した。

「ひぁあっ」

入り口をこじあけられた陰唇が、ひくりと震えて蜜を滴らせる。

けれど、全然足りない。

奥で膣壁がいやらしく蠢いて、もっと太く、熱い彼自身で触れて欲しい、とねだってじんじんする。

「どうしようもなく君が欲しい。先に一度だけ一緒にイかせてくれ」

肌を火照らせたフレッドが、急く手付きでズボンの前を広げた。

トラウザーズから取り出された途端、飛び出してきた剛直は腹につきそうなほど大きくなっていた。

びくんっと竿先をはねる彼の分身の興奮状態に、アリアンヌは熱く震えた。

本当に余裕がないのか、フレッドは返事も待たず蜜口に竿先をくちゅりと当てる。

「あぁ、フレッド様っ――んぁあ！」

猛りの先端で秘裂を割り開くと、彼が一気に腰を押し込んで自身を蜜壺に収めた。

ぴったりと埋まった雄に、アリアンヌの中が歓喜の熱を上げて収縮する。

「ああ、いいよ。くっ、きつくて、気持ちがいい」

アリアンヌの足を摑んで開かせ、フレッドが蜜壺を突き上げ始めた。

猛りを押し込まれては引かれるたび、膣肉が引っ張られて強い快感を起こし、アリアンヌの中も早急に蜜で潤っていく。

「あ、あっ、激し、い……っ、また、すぐイく……っ」

中心を貫く彼の欲望で全身が揺さぶられる。

乱れたナイトドレスが、フレッドのはだけたシャツとこすれて音を立てている。

「アリアンヌッ、その声もたまらない。すぐに出したいっ」

フレッドが、悶えるアリアンヌを自分の身体で押さえつけるように腰を抱え、荒々しく雄を突き立てた。

ぐちゅぐちゅと一心に腰を振られる。

結合部から愛液がしとどに溢れて、卑猥な水音を上げていた。

「あっあっ、あん、だめっ、そんなに突いたら、おかしくっ、あぁっ」

がくがくと下肢が震えた。快楽を求めて腰は浮き、背がぴーんっと伸びる。

服を着たまま二人は行為に溺れた。ひたすらに奥を穿《うが》つフレッドが、さらに腰をねじ込

んでアリアンヌの腰を高く浮かせる。

「あぁっ、ああっ、あ、奥まで当たって……！」

子宮に叩きつけるような激しさに、蜜壺がわななく。

そしてあっという間に高みへと押し上げられ、アリアンヌは絶頂した。

ようやく訪れた快感の喜びに、全身が痙攣する。強く締め付けられたフレッドが止まり、呻きをもらした。

「アリアンヌ、アリアンヌ……っ」

かすれた声を上げた彼が、獣のように腰を振りたくって欲望を奥へと放った。

中に広がる熱に、アリアンヌは至福の思いに浸った。

ぴくっ、ぴくんっと身体をはねさせていると、ゆっくりベッドに戻されて、フレッドが姿勢を整えてくる。

「あっ、ん……」

その際に剛直が膣肉をこすって、軽く達するような鋭い快感が背を走り抜けた。

フレッドの分身は、まだまだ衰えていない。

またがった彼がナイトドレスをまさぐり、火照ったアリアンヌの肌に、ちゅっちゅっとキスを落とした。

「君はどこもかしこも完璧で、こんな女神は見たことがない」

大きく上下する乳房をナイトドレスの上から揉まれ、透けていた硬くなっている乳首を口に含まれた。

「あ……ン、いい……」

アリアンヌは、シーツの上で身体をくねらせた。

美味しそうに吸い付かれて、心地よい快楽がまた戻ってくる。

「気持ちいい？　僕のモノにまたきつく吸い付き始めた。アリアンヌ我慢しないで、気持ちいいのなら教えて」

乳輪を中心に歯を立てられた。より快感が起こって、彼の猛りをきゅっと締め付けた。

「ああっ、気持ちいいです、フレッド様」

胸を両手で揉みながら、フレッドが汗ばんだ細い首を舐めた。彼がゆったりと腰を前後に動かし始める。

蜜壺をくちゅ、くちゅり、と優しく刺激されながらの愛撫は気持ちよすぎた。

アリアンヌは甘く喘いでよがった。その反応を見たフレッドが、腰の動きを大きくして胸元の紐をするりと解いた。

薄い布は呆気なく左右に割れて、情事に色付いた乳房ごと上半身が露わになる。

「いい眺めだ。淫らで、美しいよ、アリアンヌ」

彼は腰を使ってアリアンヌの身体を揺らし、大きな乳房がゆっくりと上下に動く様子を恍惚と眺めた。

「あっ……あ、ああ……ン」

焦らすような突き上げに、脳芯が蕩けそうになる。

(イきたい……でも、ずっとこうしていたい……)

せめぎ合う感情に悩まされている間にも、欲情の熱は確実に募っていく。

「中がねだるように何度も吸い付いてくる。押し込んだ腰でぐっぐっと奥をついた。

フレッドが乳首に舌先を這わせて、押し込んだ腰でぐっぐっと奥をついた。

「んんっ、あ、あ、あぁ……っ」

「ここ、奥を少し押しただけなのに達しそうだ。蜜もすごく溢れてくる」

フレッドの手が花芯に伸びて、アリアンヌはびくんっとする。

「あ、そこは、だめ」

「イッていいよ。奥の方も突いてあげよう。可愛く啼いてくれ」

上体を起こした彼が、ちゅくちゅくと結合部の上を刺激しながら、アリアンヌの奥を突き上げた。

絶え間なく甘く痺れ続けていた蜜壺が、かっと熱を持った。

快感が一気に全身まで広がる。

「あぁっ、あ、だめ、イク、っもう、おかしく……っ、んんんぅ！」

　アリアンヌは絶頂を迎え、うねる膣壁が剛直を締め付けた。

　フレッドが腹筋をひくっひくっと震わせ、ペニスを留める。

「はぁっ――僕のモノに悶える君の顔も、声も、可愛くてたまらない。僕の方こそおかしくなりそうだ」

　不意にペニスを引き抜かれた。

　ずるりと抜けた喪失感に「あんっ」と甘い声を上げてしまったアリアンヌは、フレッドが服を脱ぎ捨てるのを見た。

　彼は、引っかかっていたアリアンヌのナイトドレスも取り払う。そして片足を持ち上げると、深々と再び肉棒を突き刺してきた。

「あぁぁっ」

　達したばかりでまだ震えていたアリアンヌは、進んでくる熱の感覚に、たまらず身をよじってシーツを摑んだ。

　背を向けた彼女の腰を摑んで、フレッドは引き戻した。

　今度は横抱きにすると、彼は後ろから容赦なく蜜壺をじゅぷじゅぷとかき回し出す。

「んやぁっ、あ、あぁ、またぁ……っ」

「すまない、今日は我慢してやれない。君が愛おしすぎるっ」

　律動が一気に速まり、ガツガツと剛直で突き上げられてアリアンヌは呆気なく達した。

フレッドは一瞬だけ腰を止めた。

しかし下肢でアリアンヌの足を開かせると、抽挿《ちゅうそう》を再開しながら、今度は乳房を荒々しく摑み、喘ぐアリアンヌの口を塞いで口内を味わった。

「んんっ、んっ、ふぁ、あっん」

貪るように舌をこすり合わされて、理性がぐずぐずに蕩けた。激しいキスに子宮がまた震えたような気がした。

また軽く達したような気がするけど、よく分からない。

角度を変えながら、フレッドは力強く奥を突き上げてくる。

「あぁっ、ああ、だめ、んっ、すごくて……っ、もう」

彼が片足を高く持ち上げさせ、奥深くにずぶずぶと竿先を押し込んで、一層激しくアリアンヌを揺さぶった。

「くっ、アリアンヌッ」

フレッドがようやく、二回目の熱い飛沫を膣奥へと放った。

アリアンヌは引きずられるように達した。しかし快感にぶるりと腰を震わせたのも束《つか》の間《ま》だった。

「ひぅ⁉」

ぐちゅりと蜜壺をかき回したフレッドが、今度は正面から深く腰を押し込んで抽挿を再開したのだ。

「あっん、ああっ、あ、んぁっ、また……っ、いい、気持ちいいっ」

蜜壺が、またしてもかっと熱を持つ。

何度イッても、彼への愛おしい気持ちが込み上げて止まらない。

達しているのに絶頂が上書きされ、もっと、と二人の強い絶頂感を求めてアリアンヌも夢中になって腰を振った。

「あぁっ、あ……あっあ、いいの、フレッド様ぁ……っ」

ペニスの質量が増し、フレッドが律動を速める。

「アリアンヌ、愛してるっ」

正面から抱き締め、汗ばんだ首筋に噛みつかれた。

アリアンヌは膣道を締めると、足で彼の腰を引き寄せた。

「あ、あ、ああっ、フレッド様、私も、愛してますっ」

予感がしてぐっと腰を押し付けた直後、フレッドも奥へ自身をねじ込んだ。彼の精を奥に注ぎ込まれて腰が震えた。

「ああ、アリアンヌ。たまらないよ」

強くイキんだ膣奥へ、フレッドが時々抽挿し短い射精を繰り返す。

荒い呼吸の中で、アリアンヌは彼と舌を絡め合いキスをした。彼に注がれるまま、じっと全ての子種を受け止める。

「んっ、ん……あっ」

またしてもフレッドの欲望が滾るのを覚え、アリアンヌはきゅんっとした。

「夜は、まだ長い」

熱い眼差しで愛おしげに見つめ、フレッドが覆いかぶさる。

それからも確かな愛を深めながら、アリアンヌとフレッドは、初夜にしては濃厚で甘く長い夜を過ごしたのだった。

エピローグ

大気は、すっかり冬の気配を感じるようになった。

その日は、カラッと晴れた青空が広がっていた。幸先《さいさき》の良い天候に、荷造りを進めながらアリアンヌも笑顔になる。

フレッドは、本日から長期休暇を取ることになった。

蜜月をとうに過ぎた今日、新婚旅行で国内観光へと出発する。まずは、アリアンヌの実家であるモニック子爵邸までゆっくり向かう予定だった。

「久し振りに弟達に会えるのも嬉しいだろう」

「はい。とても嬉しいですわ」

夜会のあとで父に『落ち着いたあとで実家に』と手紙を送ったのだが、とあることが発覚して、アリアンヌは活動を控えることになったのだ。

ようやくフレッドと二人、家族の元へ行けると思うと嬉しかった。

「でも、フレッド様の休日はかなり貴重なのでしょう？　一泊もウチで過ごすご予定で、よろしかったのですか？」

「僕は、君にプロポーズを受け入れられた日から、何においても家族の団欒《だんらん》や余暇を大切にすると決めている。君の実家の領地のことも、どうなっているのか見てみたい」

フレッドは、個人的にも父と手紙のやりとりをしていた。

彼がいるのなら百人力だろう。婿入りだったわけでもないのに、父も頼もしさを覚えていて、アリアンヌも嬉しく誇らしくもあった。

「……旦那様、チェスも持っていくとか冗談ですよね？」

馬車の荷物をチェックしていたテオドールが、両手にチェス箱を持って確認してきた。今回は二人が新婚休みを満喫できるよう、彼も同行する予定だ。

「本気だが？　暇潰しにはもってこいだろう」

「私を負かし続けるのがそんなに楽しいのですか」

「負けなければいいだけだろう。とりあえず、それは下ろすな。載せておけ」

フレッドが手で指示すれば、テオドールが舌打ちする顔で馬車へと戻しにかかった。

（ふふっ、仲がいいわね）

アリアンヌは、気心が知れた二人のやりとりを見るのも好きだった。

馬車に揺られている時間が長い場所もあるけれど、楽しい旅になる予感がした。

「それから、君の父には吉報も知らせてやらないと」

フレッドが愛情深く微笑む。

「そうですね」

アリアンヌは自分のお腹を見下ろし、彼と一緒に手を添えた。

実は少し前に、彼女の懐妊が確認された。無事育つ環境がお腹の中で整うまで待つことになり、実家へ顔を出すのが今にずれたのだ。

「父にとっては初めての孫ですから、喜んでくれると嬉しいです」

愛の証が、今もすくすくとお腹の中で育っている。

結婚して約三ヵ月近くは、指一本触れることはない関係だった。それなのに互いの気持ちが通じたあと、彼は過ぎた時間を取り戻すかのように多大な愛情を注ぎ、愛してくれた。

「僕は、君と結婚ができて幸せだ」

「私も、とっても幸せです」

フレッドが嬉しそうに抱き締めてくれたので、アリアンヌも彼の腕の温もりの中で、幸せそうに身を寄せた。

馬車でモリーにチェスのことを愚痴っていたテオドールも、御者も使用人達も、思わずといった様子で嬉しそうに笑い合ったのだった。

了

あとがき

百門一新《ももかどいっしん》と申します。ヴァニラ文庫様では、初めましてになります。

光栄なことに、ヴァニラ文庫様から書き下ろしの新作を出させていただけることとなりました。

このたび多くの作品の中から、私の『離縁予定の旦那様が、まさかの〝記憶喪失〟になりました～公爵の蜜月溺愛は困りもの‼～』をお手に取っていただきまして、本当にありがとうございます！

色々と初めてのテーマもあり、執筆もとても楽しかったです。

頭の上から鍋が降ってきて、記憶が飛ぶ。

ネタ案を作ろうとした時、なんとなく走り書いた一文がすべての始まりでした。

『いったいどういうジョークなんだ？』

使用人の一人がそんなことを口にしておりましたが、それは構成を作っていく私の感想でもありました。

いったいどんなストーリーになるんだろうと、私自身わくわくしながらプロットを作っていきました。

それが、フレッドというイケメンと、アリアンヌという素敵な女性のキャラクターによって、こんなにも素敵な二人の恋の物語に——。

物語を創造していくのが、とても楽しかったです。

フレッドには情熱ときめき、アリアンヌには初々しい恋を詰め込みました。本作をお楽しみいただけましたら、とても嬉しく思います。


ｇａｍｕ先生、このたびはとっても素敵なイラストを本当にありがとうございました！

以前から一人の読者として素晴らしい絵にきゅんきゅんしておりましたので、今回イラストをご担当いただけてとっても嬉しく思いました！

かっこよすぎて素敵なフレッド、愛らしさも詰め込まれた美しいアリアンヌも、本当にありがとうございました！　原稿の仕上げもすごくがんばれました！

そして担当者様、本作では大変お世話になりました。とにかく、とっても楽しかったです！　またご一緒に作品作りができましたら嬉しいです。

読者様、本作にたずさわってくださった多くの方々にも感謝申し上げます！

百門一新

離縁予定の旦那様が、まさかの〝記憶喪失〟になりました
～公爵の蜜月溺愛は困りもの!!～

Vanilla文庫

2022年6月20日　第1刷発行　定価はカバーに表示してあります

著　者　百門一新　©ISSHIN MOMOKADO 2022
装　画　gamu
発行人　鈴木幸辰
発行所　株式会社ハーパーコリンズ・ジャパン
東京都千代田区大手町1-5-1
電話　03-6269-2883（営業）
0570-008091（読者サービス係）
印刷・製本　中央精版印刷株式会社

Printed in Japan ©K.K. HarperCollins Japan 2022 ISBN978-4-596-70844-1